転生しても実家を追い出されたので、今度は自分の意志で生きていきます

tensei shitemo jikka wo oidasaretanode kondo ha jibun no ishi de ikite ikimasu

Nagomi Fuji
著 藤 なごみ

ill. 呱々唄七つ

登場人物
スラちゃん
森で出会った
とっても賢いハイスライム。
リズをからかうのが大好き。
アレク
電車に轢かれて、
異世界転生した男の子。
4歳で捨てられたものの
冒険者となり、元気いっぱい活躍中。
本名はアレクサンダー。
リズ
本名はエリザベス。
お転婆だけどお兄ちゃんっ子な
アレクの可愛い妹分。

ヘンリー
ホーエンハイム辺境伯領の
頼れる領主様。
ひょんなことから
アレクとリズを保護する。
ジン
凄腕のAランク冒険者。
ちょっとキザだが、
面倒見はいい。
エレノア
ブンデスランド王国のお姫様。
ある事件をきっかけに、
アレクと知り合うが……？

序章

物心ついた時から父親の存在はなく、覚えているのは不機嫌な母親の顔ばかりだった。

彼女は常にイライラしていて、事《こと》あるごとに僕に平手打ちした。

「あんたなんて産まなきゃよかった」

僕を何回も叩いた後、母はお決まりのセリフを言うのだ。

笑った顔なんか一回も見たことがない。

僕が小学校の高学年になると、彼女は夜の仕事を始めた。家で顔を合わせることは減り、お金だけ置かれるようになった。家事はすべて自分で行った。

母が知らない男を連れてくるようになってからは、男が帰るまで公園で過ごすようになった。子どもながらに「家にいるのはよくない」と悟《さと》ったのだ。

しかし、そんな生活も中学を卒業するまでだった。

「あたしはこの人と一緒になる。あんたは家を出ていきな」

いくばくかの現金を手渡され、僕は家を追い出された。

合格したはずの高校には入学金が振り込まれておらず、進学は断念せざるを得なかった。

それからしばらくのことは、正直よく覚えていない。

知人の助けを得てなんとか安いアパートを借りた僕は、年齢を偽《いつわ》って割のいいバイトを始めた。気がつくと季節は夏になっていた。

一度だけ、実家に帰ったことがある。ただ、そこはすでに引き払われていて母は住んでおらず、虚《むな》しさだけが胸の中に残った。


安アパートとバイト先を往復する生活が、二年目に差しかかったある日。

疲労ばかりが残った仕事の帰り道、僕は終電間際の混雑した駅のホームに立っていた。

制服姿の同級生を見るのが嫌で、遅い時間のシフトを多く入れていたのだ。

今日も一日が終わろうとしている。

食べていくために、明日も明後日もバイトをする。

なんのために生きているのかも、将来のことも分からない……先が見えない不安から逃げるためだけに、僕は必死に働いていた。

酔っ払《ぱら》いの喧嘩《けんか》を聞き流し、ホームに進入してきた電車をぼんやりと眺めていた時だった。

ドンッ。

「えっ？」

突然背中を押されて、僕の体が線路上に落ちた。

キキーッとブレーキ音が響く。

目の前に迫ってくる電車が、なぜかスローモーションのように見えた。

「キャー！」

女性の悲鳴と、なおも続く酔っ払いの大声が聞こえた。

ああ、誰かに突き飛ばされたんだ。

それを理解した瞬間、強い衝撃が襲《おそ》った。

第一章　異世界での目覚め

気づくと、なぜか僕は見たことない部屋にいた。

意識を失う前はバイト帰りの駅のホームだったはず。

迫る電車もはっきりと覚えている。

しかし、今見えるのはこちらを覗《のぞ》き込む青髪の男性と茶髪の女性の顔だ。

「おぎゃ、おぎゃ！」

喋《しゃべ》ろうとするけれど、うまく言葉にならない。

「ふん、大きな声で泣きおって」

「本当に耳障《みみざわ》りですわ」

二人が口々に言う。

彼らの表情は、僕の記憶に深く刻まれた忘れたくても忘れられないものと同じ……つまり、母のような、不機嫌でとてもイライラした人の顔だった。

僕を睨《にら》む二人は、刺繍《ししゅう》が施《ほどこ》された豪華《ごうか》な服を着ていた。現代の服装ではない。たとえるなら、中学の社会の教科書で見た、中世ヨーロッパ貴族の服装のような感じだ。

手足をばたばたと動かすが、まったく動き回ることができない。

「指示があるまで、この子を決して屋敷の外に出してはならん」

「はい、かしこまりました」

男が指示を出すと、すぐに誰かの手が伸びてきて、僕は別の部屋に連れていかれた。

部屋に入ると若い女性に引き渡され、何がなんだか分からないままベッドに寝かされる。

「はい、おしめを替えましょうね」

服を脱がされ、おしめを交換された時、僕はやっと自分が赤ちゃんになっていることに気がついた。

◆◇◆

どうやら僕は、生まれ変わったらしい。

そう理解するまでに、数日かかった。

電車に轢《ひ》かれて死んだ僕は、今、生後半年くらいの赤ちゃんになっている。

僕の世話は、主に若い女性……おそらく侍女《じじょ》さんであろう二人の女の人が交代で行っていた。

片方の人は子どもを産んだばかりなのか、お乳を分けてくれる。

お世話をしてくれる二人は、優しかった。

目を覚まして最初に見た男女にはあれ以来、今のところ会っていない。睨まれないのは、一安心だ。

寝ているベッドと世話をする女性たちが、今の僕がいる世界のすべてだった。

もしかしたら、僕は異世界に転生してしまったのかも……なんて想像が脳裏をよぎる。

というのも、バイトに明け暮れていた前世の、唯一《ゆいいつ》の趣味が読書だった。

お金がなかったので、もっぱら図書館で借りたさまざまなジャンルの本を読み漁《あさ》っていたのだが、
その中に異世界に転移したり、転生したりするライトノベルがあったのだ。

第二の人生を楽しく生きている主人公の姿が印象的で、暇《ひま》な時によく読んでいた。

前世の記憶を思い出すって、異世界転生ものだったらテンプレだよね……


そう思っていたある日。

僕を抱き上げた女性が、顔をしかめた。

「少し臭うわね。坊《ぼう》、綺麗になりましょうね」

ピカー。

あたりが少し光った後、　自分の体の中に何かが流れていくような感覚を味わう。

「！」

僕の体は一瞬にしてすっきりと綺麗《きれい》になっていた。

今のは、もしかして魔法？

僕、本当に異世界に生まれ変わったんだ……

今まで読書以外に楽しみなんてなかった。

どんな魔法があるのか、僕にも使うことができるのか……こんなにワクワクするのは、前世を含めて初めてだった。

◆　◇　◆

この世界に転生して三か月。

僕は掴《つか》まり立ちができるようになった。

部屋の中しか移動は許されていないものの、ハイハイして少しずつ行動範囲が広がってきている。

「私たちの言うことをよく聞いて、坊は偉いですね」とお世話係のお姉さんたちは褒《ほ》めてくれたが、まさか目の前の赤ちゃんに前世の記憶があって、話をすべて理解しているとは思わないだろう。

そんな赤ちゃんライフを送っているうちに、とても気になることができた。

お世話をしてくれる二人は、僕を「坊」と呼ぶ。僕は自分の名前を知らないのだ。

まだ喋れないので質問するのは無理だし、もしかしたらお世話をしてくれている人たちも知らない可能性だってある。

ところが、意外な形で自分の名前が判明した。

ある日の午後、部屋の外が騒《さわ》がしくなった。

一体なんだろう……僕はベッドの柵《さく》に掴まり、立ち上がる。

バンッ！

すると突然部屋のドアが勢いよく開かれ、驚いて身を硬くした。

ドアのほうを見ると、忘れもしないあのイライラ顔で口をへの字に曲げた女性が立っていた。

どかどかとこちらに近づいてきた彼女は、思い切り僕を突き飛ばす。

「おぎゃー！」

突き飛ばされた痛みと恐怖で、自分でもビックリするくらい涙が溢《あふ》れて止まらない。

「奥様、おやめください！」

部屋に入ってきた使用人が、慌てて女性を制止した。

「あの女の子どもだと思うと、吐《は》き気がするわ。アレクサンダー、生かされているだけありがたいと思いなさい！」

僕を突き飛ばした女性は、そう言い捨てて部屋を出ていった。

彼女がいなくなると、部屋の隅《すみ》に立ち、微動だにしなかったお世話係の二人が駆け寄ってきて、僕を抱き上げた。

「ご無事ですか、アレクサンダー様！　こんな小さな子どもにする仕打ちではありません！」

「……あの方たちに温情などありません。この子には厳しい道が待っていますわ」

「可哀想《かわいそう》に……ご両親を亡くして、この子は一体どうなるのでしょう」

「せめてあと少し大きくなって、お屋敷を出られれば……」

お世話をしてくれる二人は、僕の出生について知っているのかな。

両親は死んでいるとなると、あの男女は一体何者なんだろう。

僕は涙を拭《ぬぐ》いながら、必死に考える。

ついに分かった自分の名前……アレクサンダー。

偉大なる大王とよく似た響きの名前を、心の中に刻み込もう。

◆◇◆

さらに一か月が経《た》った頃、僕はこの部屋を見回して考えていた。

どうもここは書斎《しょさい》のような場所らしい。もともと子どもを育てるための部屋ではなさそうだ。

部屋は結構広くて、たくさんの本が置かれた机や本棚がある。

本のタイトルを読む限り、魔法関係のものが多いみたい。

書かれている文字は日本語ではないのに、なぜだかスラスラと読める……もしかして、言語翻訳《げんごほんやく》能力《のうりょく》があるのかな。

まだ小さいから自力で本を取ったり、開いたりできない。もう少し大きくなったら本を読めるはずだ。

今日も部屋の中をハイハイしていたら、女の人の金切《かなき》り声が廊下から聞こえてきて、足音がこちらに近づいてきた。

書斎のドアがバンッと勢いよく開く。

現れたのはやはりあの意地悪《いじわる》な女性で、不機嫌そうな顔は相変わらずだ。

後ろに控《ひか》えていた使用人が何かを抱いている。

「この娘の面倒も見るように。名はエリザベスですが、アレクサンダー同様、決して名前で呼んではいけません」

「「かしこまりました」」

女性の命令に、お世話係たちが頭を下げる。

使用人が僕のベッドに、抱いていたものを置いた。

「ふう、行くわよ。こんなところに長居したくないわ」

「はい、奥様」

女性は僕を見ることなく、使用人を連れて部屋を出ていった。

足音が遠ざかったのを確認すると、お世話係の二人が息をつく。

「急に何を言い出すかと思ったら、まさか『赤ちゃんを育てろ』とは」

「あの人たちにとっては、犬や猫を拾ってくるのと同じ感覚なのでしょう」

「あの事故の生き残りなら、この子って王家の……」

「しーっ！　余計なことを言ってはなりません」

あの女性が僕やこの赤ちゃんに向ける敵意は人に向けていいものじゃない。怒ったら何をするか分からないから、お世話係の二人も簡単に動けないんだろう。

「あの事故」に「王家」だって？

そういえば、しばらく前に屋敷の周りがやけにうるさかった気がする。

「それにしても、坊に負けず劣《おと》らず可愛らしい子ですわね」

「名前からして女の子でしょうから、『お嬢《じょう》』と呼びましょう」

赤ちゃんは、ふわふわした金色の髪の毛だ。僕より少し幼いみたい。

なんだか気になるな。

◆◇◆

「あうあう」

僕の部屋に赤ちゃん……エリザベスが来て、数か月。

あれきりあの意地悪な女性は現れていない。普通なら順調に育っているか気になるものだが、そんな関心はまったくないのだろう。

エリザベスは目に映《うつ》るいろいろなものに興味を示して動き回るアクティブな性格で、部屋中を元気よくハイハイしている。

そんな彼女の最大の関心はどうも僕らしく、常に後ろを追いかけてくるし抱っこもせがむ。

抱きついてくるのはいいけど、顔中をべろべろ舐《な》めるのはちょっと勘弁《かんべん》してほしい。

とはいえ僕もこの子が気になるので、できるだけそばで見守るようにしている。

「坊がお嬢の面倒を見てくれて助かります」

「二人とも、兄妹のように仲良しですね」

お世話係の二人が褒めてくれた。

今まで褒められるという経験がほとんどなかったので、役に立っているのが少し嬉しい。

エリザベスはとっても綺麗な顔をしていて、濃《こ》いエメラルド色の瞳《ひとみ》が印象的だ。

笑った顔は破壊力満点で、僕たちまで思わずニッコリしてしまうほど。

この子はとにかくご飯が大好きで、たまに僕の分までひょいっと食べてしまうけど、ちょっとくらい大目に見ている。

寝る時も僕がいないとグズッてしまう。手を繋《つな》いであげるとすぐ眠るんだけどね。

寂《さび》しいのかな。眠っているエリザベスを見ながら、僕はそんなことを思った。

◆◇◆

それから一年弱が経過し、僕は二歳になった。

最近では絵本を読むようになり、この国が「ブンデスランド王国」であることを知った。

日本と変わらず四季がある風土のようで、食べ物や暦《こよみ》もあちらに近いみたいだ。

一週間は七日なんだけど、曜日の名称は違う。

また、魔法があったり、魔物やそれを討伐する冒険者がいたりと日本と完全に違う点もある。

この家の場所や、どうして僕たちの扱いが悪いかについては分からないままだ。

「にーに、ごほん」

「お嬢、一緒に読もうね」

今では僕もある程度喋れるようになっている。

読書をしていると、本を読んでとエリザベスが寄ってきた。

お世話係が彼女を「お嬢」と呼ぶので、僕も真似している。心の中では本名で呼んでいるけどね。

エリザベスは感情豊かで常にキャッキャと笑っている。移動する時も寝る時も、僕たちは一緒だった。

僕はといえばトイレトレーニングが始まり、廊下《ろうか》に出ることが許されるようになった。早くおむつを卒業したいな。

さて、窓から覗く庭の景色から考えると、どうやら季節は春だ。つまり、先日誕生日だった僕は春生まれで、僕より半年くらい年下に見えるエリザベスは秋くらいに生まれたということになる。

外に出たい気持ちはあるが、あの意地悪な女性と青髪の冷たい男性の顔が思い浮かんでしまい、何がなんでも出よう！　とはなれない。

エリザベスも外に出たがらない。もしかしたら、僕と同じことを考えているのかも。

幸い、最近はあの人たちは部屋を訪ねてこない。お世話係の二人の話を聞いた限りだと、どうも遠方に出ているらしく、しばらくは戻ってこないようだ。

この「しばらく」がどのくらいの期間か分からないけど、これはチャンスだ。

多分、僕とエリザベスはこの家にいても碌《ろく》なことにならないと思う。

下手したら、ある日突然、二人一緒に捨てられてしまう可能性だってある。

二人きりでも生きていけるように、いろいろなことを覚えておきたい。

まだまだ僕たちは小さくて、できることは限られているけど、少しずつやっていこう。

◆
◇
◆

そうこうしているうちに、あっという間に次の春が来た。

最近僕は本棚の中から初心者向けの魔法の使い方の本を見つけたので、今まで以上に本の虫だ。

この本によれば、魔法にはいくつかの属性があるらしい。

まず誰でも使える無属性の魔法。ここが異世界だと気づくきっかけになった体を綺麗にする魔法は、このうちの【生活魔法】に分類されるそうだ。

そして、基本の属性には、火・水・風・土・回復の五つがあるという。

それ以外にも、光や闇《やみ》、雷《かみなり》といったレアな属性があるらしい。さらに珍《めずら》しい属性もあるみたいだけど……このあたりは詳しく載《の》っていなかった。

こちらの世界ではだれもが魔力を持っているようだ。その中でも魔法の扱いに長《た》けた人を、魔法使いと呼ぶ。

「にーに、今日も魔法の練習するの？」

「するよ。頑張って【魔力循環《まりょくじゅんかん》】を覚えようね」

魔法を使うためには、まずは基礎訓練が必要だという。

僕とエリザベスは、手を繋いで魔力を循環させる練習を毎日やっている。

手を繋ぐのには二つ理由がある。

一つ目はエリザベス対策のため。僕一人で瞑想《めいそう》していると、「つまらない」とちょっかいをかけてくるのだ。手を繋いで一緒に魔法の練習をすれば、彼女が不機嫌にならなくて済む。へそを曲げたエリザベスの相手は大変で、一時間以上は誰とも喋らないし、ずっとグスグスと泣いているのだ。

それを回避するためにも、必ずこのやり方をしている。

二つ目は、二人で魔力を循環させたほうが訓練の効率がいい気がしたから。これは本に書いてなかったので、オリジナル理論なんだけど……

僕たちが最初に覚えたのは【魔法障壁《まほうしょうへき》】……バリアを張る無属性魔法。これなら簡単で安全だ。

「にーに、いくよ！」

【魔法障壁】を展開した僕に、エリザベスがボールを投げてくる。

これは、バリアがきちんと張れているかを確認するため。

エリザベスも【魔法障壁】ができるようになったので、一緒にボールを跳《は》ね返して遊んでいる。

お世話をしてくれる女性は、魔法で遊んでいる僕たちに驚いていたけど、意地悪な二人には黙《だま》ってくれているみたいだ。「よくそんな遊び方を思いつきますね。天才です」と感心していた。

さらに僕は、ものの真贋《しんがん》を見抜く【鑑定《かんてい》】を覚えた。

これは極めると、俗《ぞく》に言うステータス……相手の細かい情報まで確認できるようになるらしい。

試しに、自分とエリザベスを【鑑定】したんだけど……正式な名前が《アレクサンダー・バイザー》、《エリザベス・オーランド》であることが分かった。

この部屋に連れてこられたこと以外、僕たちの接点は不明だ。

一体、あの意地悪な二人にはなんの目的があるんだろう？

こうして時が流れ、魔法の練習は順調に進んでいった。

◆◇◆

僕が四歳になると、お世話係が変わることになった。

今までお世話をしてくれた二人が、退職することになったのだ。

僕とエリザベスは「ありがとう」と言って、二人を送り出した。

僕たちが大きくなり、身の回りのことをこなせるようになったので、新しいお世話係はかなり若い女性だ。

彼女は食事やお風呂の時以外はほとんど部屋に入ってこず、僕たちは二人きりで部屋にいることが増えた。

ある日、あの意地悪な二人が、久しぶりに僕たちの前に姿を現した。

「ふん、相変わらず辛気臭《しんきくさ》い顔をしているな」

「放っておきましょう。どうせ二人ともすぐに追い出すのです」

「あうー」

久々に会ったあの二人は相変わらずの不機嫌な顔と、隠しもしない敵意を僕たちに向けていた。

生まれたばかりらしい赤ちゃんを抱いているが、この部屋に置いていく様子はない。なんというか、僕たちに赤ちゃんを見せつけに来た感じだ。

エリザベスが、僕の手をギュッと握る。

たくさん練習して精度が上がった【鑑定】で、こっそり彼らの名前を確かめる。

男性の名前は《ゲイン・バイザー》、女性のほうは《ノラ・バイザー》……僕と同じファミリーネームだ。

僕の両親は死んでいるから……この二人は親族なのかな？

ゲインとノラ、そして赤ちゃんが部屋を出ていった後、僕はエリザベスを呼んだ。

「お嬢、よく聞いてね」

「うん、お兄ちゃん」

最近、エリザベスは僕を「お兄ちゃん」と呼ぶようになった。

彼女は年齢以上に聡《さと》い。なので、僕はこれからの計画を伝えることにした。

「僕とお嬢は、もうすぐこの家を追い出されると思う」

「……うん。あの女の人のお話で、なんとなく分かってたの」

「そっか、お嬢は賢《かしこ》いね」

僕が頭を撫《な》でると、エリザベスはふにゃりと微笑んだ。

そのまま話を続ける。

「僕たちは捨てられる。でも、ただその時を待っているだけじゃ駄目《だめ》だ。だから、二人だけで生きていけるように準備をしよう」

そう言って、僕はエリザベスにあるものを渡す。

「これはなあに？」

「魔法袋《まほうぶくろ》っていうんだ。いろいろ収納できるから、大切なものをしまっておこう。これからは、寝る時も身に着けていてね」

魔法袋は、いわゆるアイテムボックスのようなものだ。

初心者向けの魔法の本に作り方が載っていて、試してみたらうまくできた。だから、エリザベスにも作っておいたのだ。

中にしまったものは、時間が止まって腐《くさ》らなくなる。ただ、生き物は入らないので注意が必要だ。

魔法袋の中には服や下着はもちろん、毛布や食べ物も入れる。

さすがに鍋《なべ》やナイフは手に入らなかったが、コップとお皿はこっそり確保した。

少しずつ荷物をまとめながら、並行して魔法の練習にも力を入れる。

お風呂に入りながら水魔法を使ったり、明かりの代わりに光魔法を使ったり……バレないように工夫してとにかく練習する。

必死に練習したからか、僕は土を除いた基本の四属性に加え、レアな光、闇、雷属性をマスターした。土魔法もできる気がするんだけど……部屋の中では試せないので、ひとまず保留だ。

エリザベスはまだまだ練習中だけれど、いくつかの属性が使えるみたい。

僕は安全に旅をするために、近くの生き物の位置を探る【探索《たんさく》】を覚えた。

あとは土魔法を使って簡易シェルターが作れれば、夜も安心して過ごせる……はず。

水魔法で飲み水は出せるから、喉《のど》が渇《かわ》いても平気だ。

ちなみに、傷を治す回復魔法や体を綺麗にする【生活魔法】は、僕よりエリザベスのほうが圧倒的にうまい。それに【鑑定】や【探索】は無属性の魔法だから、頑張れば彼女も覚えられると思う……ただ、「お兄ちゃんがやってくれるもん」と言っているので、覚える気はないようだ。

できることは増えてきたものの、旅をするには備えが足りないし、何よりお金がまったくない。

不安に押しつぶされそうになりながらも、エリザベスのために絶対やらなきゃという覚悟を持って毎日を過ごしていると、とうとう運命の日がやってきた。

◆◇◆

それは、夏の早朝のまだ薄暗《うすぐら》い時だった。

「大人しくしろ。騒ぐな」

突然、僕たちの部屋に見知らぬ男たちが押し入ってきた。

眠っていた僕とエリザベスは抵抗ができず、あっという間に手足を拘束《こうそく》されてしまう。

そして猿轡《さるぐつわ》をはめられて、大きな袋に入れられた。

「ふぐ、ふぐふぐ！」

「よしよしっと。さっさと運び出すぞ」

「「おう」」

そんな男たちの声を聞きながら、僕とエリザベスは運ばれていく。

僕たちはどこに連れていかれるんだろう。

しばらくすると、馬の蹄《ひづめ》のような音が聞こえてきた。

袋の中からだと、外の様子が分からない。

薄暗い袋の中、すぐそばにいるエリザベスは、泣いているのか体が震えている。

必死にもがくと、エリザベスのおでこに僕のおでこがぶつかった。

どうにか安心させてあげられないかといろいろ考え、いつもの魔力循環を行うことにした。

「大丈夫だよ」という思いを込めて魔力を送ると、彼女から「ありがとう」って言っているみたいな温かな魔力が返ってきた。


「おい、起きろ」

男の声で目を覚ます。いつの間にか眠ってしまっていたみたいだ。

袋から出され、拘束を解かれた。

あたりには森が広がっていて、細い道がずっと遠くまで続く。日はすでに高く昇っていた。

「お前らに恨《うら》みはないが、これも依頼でな」

スキンヘッドの男の後ろには、さらに数名の仲間らしき人たちがいた。

彼は他に何も言わず、仲間と共に馬車に乗り、僕とエリザベスを残して去っていった。

「……行ったね」

「そうだね、お兄ちゃん」

僕たちは、スキンヘッドの男が乗っていった馬車を見つめ、完全に見えなくなったところで魔法袋の中からゴソゴソと着るものや靴《くつ》を出した。

着替える前にエリザベスを【生活魔法】で綺麗にしてあげる。

怖い目にあったからだろう、彼女はおもらしをしてしまったのだ。

「お兄ちゃん、着替えたよ」

「ちょっと待って……」

コップに水魔法で作った水を入れて渡し、エリザベスがコクコクと水を飲んでいる間に僕も着替えを済ませた。

「はい、ご飯だよ」

起きてから何も食べていないので、魔法袋に入れていたパンを出す。

「ありがとう！　お兄ちゃんも食べよう」

森に捨てられたというのに、エリザベスはニコニコしている。

「お嬢、怖くないの？」

「本当はね、すっごく怖かったの。でも、お兄ちゃんが『大丈夫だよ』って伝えてくれたから、大丈夫になったよ」

食事が終わって、僕は気を引き締《し》める。エリザベスと手を繋いで、ゆっくりと歩き始めた。

もちろん、馬車が去っていった方角とは反対の方向だ。

子どもだから歩く速度は遅いけど、それでも少しずつ進んでいく。

「あ、お兄ちゃん。あれって果物かな？」

しばらく歩いたところで、エリザベスが赤い木の実がなっている茂《しげ》みを見つけた。

「ええっと……これは食べられるみたいだ」

僕が【鑑定】で調べると、《ベリー》と表示された。

やっぱり、食べ物は日本とほとんど変わらないみたいだ。

毒はないようなので、採れるだけ採って魔法袋にしまおう。

「甘いね！」

ベリーを一つ食べたエリザベスは、とても明るい笑顔を見せた。

僕も一粒食べてみる。よく考えたら、前世では甘いものなんてほとんど食べたことがなかった。

たくさん採れたから、数日は大丈夫だろう。

かなり幸先《さいさき》がいいスタートになったぞ。

その後も、僕とエリザベスは休みながら歩いていった。

「あ、今度は何かな？」

「うーんと……あれは《さくらんぼ》だ。食べられるみたいだよ」

木にさくらんぼがたくさん実っていた。

風魔法の【エアカッター】で高いところの実を落とす。二人で協力したら、いっぱい採れた。

こんな手つかずの森なら動物がいる気がするけど、【探索】を使っても今のところ反応がない。

歩いているとだんだん日が暮れてきた。

道を少し外れたところに開けた場所があったので、今日はここで休もう。

「よし、今から寝る場所を作るね」

ピカーッ。

「わあ、土のお家《うち》だ！」

今まで試したことはなかった土魔法を使い、窓がある小さな土のかまくらを作ったら、なんとかうまくいった。凸凹《でこぼこ》したところはあるけど、寝る分には困らないはず。

光魔法で明かりを灯《とも》しながら、夕ご飯を食べる。

いつ森を抜けられるか分からないから、あの家で手に入れた食料はなるべく減らさないようにしたい。ひとまずベリーとさくらんぼを夕食にする。

食べ終わった後は、二人で毛布にくるまる。

「お嬢、今まで僕たちは名前で呼んでいなかったよね」

「うん……気になったけど、聞いたらいけない気がしたの」

さすがはエリザベスだ、とても頭がいい。

「僕の名前はアレクサンダー。これからは『アレク』って呼んでほしい。そして、お嬢の名前はエリザベスっていうんだ」

「エリザベス……ねえ、アレクお兄ちゃん。私のこと、これからは『リズ』って呼んでくれる？」

「分かったよ、リズ」

二人で抱き合いながら名前を呼び合った。

「なんだか新しい自分になったみたい！」

はしゃいでいたリズがやがて眠ったのを確認して、僕は明かりを消した。

こうして、旅の一日目が終わったのだった。

◆◇◆

「お兄ちゃん、アレクお兄ちゃん。何か変なのがいるよ！」

二日目の朝、僕はリズの叫び声で目が覚めた。

目を擦《こす》りながら窓の外を見ると、リズの指差す先で青くて丸っこい生き物がぴょんぴょんと跳ねていた。

リズと一緒に土のかまくらから出て、跳ねているものを【鑑定】してみる。

「面白いね、お兄ちゃん！」

「《ハイスライム》だって。僕たちを攻撃するつもりはないみたい」

【鑑定】によれば、『森《もり》の掃除屋《そうじや》』と呼ばれているスライムの中でも、ハイスライムはレアな魔物らしい。

一般的なスライム同様、果物から生物の死骸《しがい》まで、なんでも吸収して栄養にする生態だそうだ。

いつの間にかリズが青いスライムに近づき、抱き上げている。

「リズ、なんだかとても嬉しそうだね？」

「うん！　この子ね、私たちの仲間になりたいって言ってるもん！」

「スライムの言葉が分かるの？　どうして？」

「うーん……なんとなく？」

なんだかはっきりしない感じだけど、リズって勘《かん》が鋭《するど》いからな……

もう一度【鑑定】してみると、なんとスライムに名前が付いていた。

「もしかして、この子に名前を付けた……？」

「そうだよ！　ハイスライムだからスラちゃん！」

スライムが嬉しそうにぴょんぴょん跳ねているし、仲間にするのはいいんだけど……

二回目の【鑑定】で、あることに気がついた。

「さっきまで覚えてなかった風魔法が使えるようになっている……リズが名前を付けたから？」

【鑑定】には、「魔物を吸収したり、外部から刺激を受けたりすることで成長する」とある。

もしかしたら、リズの名付けが外部からの刺激として判定されたのかもしれない。

「本当？　スラちゃん、凄《すご》い！」

リズのテンションが上がりまくり、スラちゃんも一緒になってふるふると震えていた。

きっと旅のお供《とも》ができて嬉しいのだろう。

「とりあえず、朝食にしようか」

「はーい」

昨日採ったベリーとパンを食べつつ、自分たちの体を【生活魔法】で綺麗にする。

スラちゃんにはベリーをあげた。

身の回りを整えた後は、土魔法で作った土のかまくらを壊《こわ》して出発の準備完了。

今日もゆっくり歩いていこう。


ご機嫌なリズの手を引いて、森を進んでいく。

リズの頭の上には、スラちゃんが絶妙なバランスで乗っかっている……と、ここで僕の【探索】に引っかかった気配があった。

「【魔法障壁】を張ってくれる？」

「うん、任せて！」

リズが【魔法障壁】を張ると、茂みの中から五匹の狼《おおかみ》が出てきた。【鑑定】によれば、ウルフという魔物で、人を襲うそうだ。

「お兄ちゃん、スラちゃんが『一緒に戦う』って！」

「よし、協力して倒そう！」

リズにはこのまま防御に徹《てっ》してもらう。

「グルルル！　ギャア！」

ウルフは一斉に襲いかかってきたが、リズの【魔法障壁】ですべて弾かれた。

さすがはリズだ、【魔法障壁】は僕よりうまいかもしれない。

「いくよ、スラちゃん！」

僕とスラちゃんで風の斬撃……【エアカッター】を使ってウルフを一頭ずつ倒していく。最後の一体を倒すと、リズが【魔法障壁】を解いた。

「ありがとう、リズ。おかげで怪我《けが》をしなかったよ」

「えへへ、スラちゃんもやったね！」

リズは僕にふにゃりと笑いかけると、スラちゃんをなでなでする。

僕は倒したウルフに近づいた。もしかしたら、毛皮が売れるかもしれない。

「スラちゃん、ウルフの血だけ吸収できる？」

試しにスラちゃんにお願いしたら、あっという間に血抜きをしてくれた。

僕たちでは血抜きができないからとても助かった。

倒したウルフは、僕の魔法袋に入れる。

「リズ、怖くなかった？」

「大丈夫。お兄ちゃんとスラちゃんがいるもん！」

初めての戦闘でリズが怖い思いをしなかったか気になったけど、大丈夫だったみたい。

リズってかなり度胸があるよね。

とはいえ僕は心配なので、ギュッと手を握って再び歩き始めた。


しばらく進むと、リズが急に立ち止まった。

「あっ、あそこにピンク色の木の実がある」

リズが指差した先には、桃に似た実がなっている木があった。

高いところに実っているけど、また魔法を使って採ろう。

「風魔法で落としてみるね」

僕は【エアカッター】で枝を切り落とし、木の実をキャッチする。

【鑑定】すると《桃》と出た。

「この果物も食べられるよ。リズ、よく見つけたね」

「おお！　じゃあスラちゃんも手伝おっか！」

リズは風魔法が使えない。

僕とスラちゃんで手分けして、木から桃を落とす。

「はい、どうぞ」

「ありがとう！」

皮を剥《む》いて二人で半分こして食べると、甘い味が口の中に広がった。

スラちゃんにも少しあげたら、とても喜んでいた。

「スラちゃんがいると楽しいね」

やはりリズは心細い思いをしていたみたいで、明らかに元気がいい。

途中でまたベリーを見つけたり、ウルフを倒したりしながら少しずつ進んでいった。


「今日はここで休もうか」

夕方になったので、寝る場所を決める。

土魔法で、昨日よりもさらにしっかりした土のかまくらを作ったし、硬さも大丈夫。

桃とベリーを食べながら、明日に向けて準備をする。

いっぱい歩いたから、念のため、スラちゃんも含めて回復魔法をかけておく。

「お兄ちゃん、甘い果物がいーっぱいあるね！」

リズは魔法袋を覗いて、ニコニコしている。

今日はウルフが何回か現れたから、明日はもっと注意して進もう。

スラちゃんの寝る場所は僕たちの枕元で落ち着いたので、今日もリズと抱き合いながら夢の世界へ落ちていった。

◆　◇　◆

「うーん、いいお天気！」

森に捨てられて三日目。

土のかまくらの外に出ると、木々や地面がしっとり濡《ぬ》れている。

どうやら夜中に雨が降ったみたいだ。でもリズの言う通り、今はすっきり晴れている。

道もあまりぬかるんでいないので、歩くのには問題なさそう。

「出発！」

リズの元気な掛け声で、今日もてくてくと歩き出す。

たまにウルフが出てくるくらいで、【探索】を使っても他の魔物は出てこない。

森の中とはいえ、道を歩いているからなのかな？

どうかこのまま……なんて思っていたけど、そううまくはいかなかった。

「キシャーッ！」

「リズ、【魔法障壁】を準備して」

緑色の皮膚《ひふ》をした、僕たちよりも少し大きい魔物……ゴブリンだ。念のため【鑑定】したけど、ばっちり《ゴブリン》と表示されている。

こちらに対して敵意を見せていて、少なくとも十体はいる。早く倒さないとやられる。

「スラちゃん、いくよ……！」

そうスラちゃんに声をかけた時だった。

「嫌ぁ！　気持ち悪いよー！」

ズドーン、ズドーン、ズドーンッ！

目の前に光の矢……【ライトアロー】が降り注ぎ、あっという間にゴブリンが全滅した。

どうやらリズが光魔法で攻撃したみたいだ。

いつの間にこんな魔法が使えるようになったんだろう？

リズに獲物を取られたスラちゃんは、少し不満げにぴょんぴょんと跳ねている。

ゴブリンを再度【鑑定】すると、採れる素材はなく、討伐証《とうばつしょう》は耳であると表示された。あいにく僕たちはナイフを持っていない。

「スラちゃん、【エアカッター】で耳を切るのを手伝ってくれる？」

スラちゃんに頼んだら、あっさりと耳を切り落としてくれた。

おまけに僕が耳を回収する間に、ゴブリンを丸ごと吸収している。

道に死体を放置するわけにもいかず、どうしようか悩んでいたから助かるな。

スラちゃんがすべてのゴブリンを吸収したのを確認して、また僕たちはてくてくと歩き出した。


「あっ、またベリーがなってるよ」

今日もリズがベリーを発見した。

魔法袋の中がだんだんベリーだらけになってきたぞ。

さらにさくらんぼも再び見つけたので、しばらくは飢《う》えなくて済みそうだ。

たまに現れるウルフを倒しつつ進み、日が暮れてきたので寝る場所の準備を始めた。

ふふふ、土のかまくらもうまく作れるようになってきたぞ。

「うーん、ベリーはやっぱりおいしいね！」

夕食にベリーを食べたリズは嬉しそうだが、もうそろそろパンがなくなってしまいそうだ。

あとどのくらい歩けば森を抜けられるのだろう……明日なのか、それとももっと先なのか。

不安に襲われつつも、リズの頭を撫でながら眠りについた。

◆　◇　◆

「今日は曇《くも》りか……」

四日目の朝、空にはどんよりと雲が広がっていた。雨が降らないことを祈りたい。

「早めに準備して出発しよう」

「おー！」

跳びはねるスラちゃんと一緒に、元気よく拳《こぶし》を上げるリズ。

朝食をぱぱっと済ませて、今日もてくてくと森を進む。

「あっ、雨だよ！」

歩き始めてすぐ、ぽつぽつと雨が降ってきてしまった。

雨宿りを……と土のかまくらを作ろうとする僕の横で、リズが【魔法障壁】を展開する。

「お兄ちゃん、これで雨を防ごうよ！」

リズは【魔法障壁】を頭の上に作り出して、傘《かさ》代わりにしていた。

「おー！　その手があったね。凄いよ、リズ！」

頭を撫でてあげたら、リズはニコニコと笑い返す。

そして片手で抱いていたスラちゃんを頭に乗せて、僕と手を繋いできた。

【魔法障壁】が雨を弾いてくれるから、雨でもへっちゃらだね」

「そうだね。でも道がぬかるんでいるから、転ばないようにちゃんと僕の手を掴んでいるんだよ」

雨の中、二人と一匹で仲良く歩いていく。

途中でまたゴブリンとウルフが現れたけど、しっかり倒して素材を回収した。

倒した魔物はスラちゃんが喜んで吸収していくので、僕も処分の手間が省《はぶ》けて大助かりだ。

「ふふーん、ふーん！」

謎《なぞ》の鼻歌を歌いながら、リズはとってもご機嫌だ。

しばらくして僕が【探索】を使うと、何かの気配が引っかかった。

「リズ、前から魔物が……って、あれ？　何か別の気配を追っかけていっちゃった……？」

「キャー！」

「誰か助けて！」

僕が呟くのとほとんど同時に、前方から女の子の悲鳴が聞こえてきた。

「お兄ちゃん、助けてあげないと！」

「うん、すぐに行こう！」

いつの間にか雨は止んでいた。濡れた森の道を、僕とリズは一生懸命《いっしょうけんめい》に走る。

やがて、前方にたくさんのゴブリンと二人の女の子が見えてきた。

転んでしまったのか二人は地面に倒れていて、そこにゴブリンが襲いかかろうとしている。

「スラちゃん、体当たり！」

ドーン！

リズの指示で大きく跳躍《ちょうやく》したスラちゃんが、女の子に覆いかぶさっていたゴブリンを突き飛ばした。

「えーい！」

リズが【ライトアロー】を放ち、もう一人の少女を狙うゴブリンを倒す。

「はっ！」

僕は土の弾丸を撃つ【アースバレット】で、スラちゃんは【エアカッター】を繰り出してゴブリンたちを殲滅《せんめつ》した。

あたりを【探索】したけど、もう他に敵はいなそうだ。

「お姉さんたち、大丈夫ですか？」

「うん……って、え、子ども？」

「それにスライムも一緒ですよ、エマ」

お姉さんたちはいきなり現れた僕とリズ、スラちゃんを見て、目を見開いた。

「子ども」って言われちゃったけど、お姉さんたちだって子どもじゃない？

見た感じ、多分、十歳前後だと思う。

「お姉ちゃん、リズが怪我を治してあげる！」

リズが回復魔法で治療している間に、僕とスラちゃんはゴブリンの死体を処理しておく。

「凄い、あっという間に治っちゃった」

「こんなに早く怪我を癒《い》やせるなんて、教会の人よりも凄いです！」

驚いているお姉さんたちに、僕はコップを差し出した。

「よかったら、お水をどうぞ」

水を飲ませてあげると、だいぶ落ち着いてきたみたい。

「ありがとね、小さな魔法使いさんたち」

「助かりました」

お姉さんたちは口々にお礼を言って、僕とリズの頭を撫でる。

この二人、顔立ちがそっくりだ。気になって尋ねてみたら、双子なんだって。

ボブカットのお姉さんがエマさん、セミロングヘアのほうがオリビアさんだそうだ。

二人とも、武器としてナイフより大ぶりな短剣を持っている。

挨拶してくれたので、僕とリズ、ついでにスラちゃんも自己紹介する。

「それにしても、なんでここにいたんですか？」

うっ、オリビアさんが答えにくい質問をしてきた。

うーん、どうやって話そうかな。

「お兄ちゃんと一緒に、森に捨てられちゃったの」

あっ、リズが正直に答えちゃった。

「はあ……まただね」

「最近はよくありますね……」

エマさんが頭をかき、オリビアさんは困った顔をしている。よくあるってどういうこと？

「アレク君たちは知らないんだね。子どもが生まれた家は、その子が五歳になるまでに、教会に届け出をしないといけないの。ただ、届け出にはお金がかかるから……」

「子どもを育てられなくて幼いうちに捨ててしまうことがあるんです」

うーん、口減らしってことかな……僕たちがいた家は侍女を雇《やと》う余裕があったから、きっと事情が違うけど、なかなか衝撃的な話だ。

エマさんたちは、まだ知り合ったばかりでどんな人たちか分からない。

捨てられた詳しい経緯を尋ねられると面倒なので、黙っておこう。

「そうだったんですね」

「大変だったね、二人とも」

エマさんが話をしながら、僕とリズの頭を撫でる。

「ねえ、オリビアお姉ちゃん。町ってここから近い？」

「私たちが来た町のこと？　しばらく歩けば着きますよ、リズちゃん」

「そうなんだ……お兄ちゃん、やっと森を出られるね！」

「よかったら案内してあげようか？」

エマさんの提案に、僕たちは頷《うなず》いた。

僕と、頭の上にスラちゃんを乗せたリズを挟んで、エマさんとオリビアさんが手を繋いでくれる。

「では、行きましょう」

オリビアさんの案内で、僕たちは歩き出した。

第二章　辺境伯領《へんきょうはくりょう》での生活とゴブリンの襲撃《しゅうげき》

森を抜け、道を少し進んだ先には、城壁に囲まれた大きな町があった。

「うわあ、建物がたくさんある！」

「ここが私たちが住んでいる町、ホーエンハイム辺境伯領です」

オリビアさんが僕たちを門の前に連れていく。

門番が町に入る人の身元をチェックしているけど、僕もリズも身分証なんて持ってないよ。

「お兄ちゃん、どうしよう」

リズと顔を見合わせて困ってしまう。スラちゃんもふるふると震えて不安そうだ。

「大丈夫よ、手続きは任せて」

うーん……ここはエマさんにお願いしよう。

門番がこちらを向いた。

「エマ様とオリビア様、お戻りになったのですか……おや、お連れの子たちは？」

「森に捨てられちゃったそうなの。このことで騎士団長に相談をしたくて……」

「なるほど、すぐに取り次ぎます。冒険者ギルドと教会の者にも声をかけましょう。しかし、なんとも嘆《なげ》かわしいことですな」

おやおや？　なんだかあっという間に話がまとまって、通行を許可された。

そして、門の近くの、鎧《よろい》を纏《まと》った兵士がたくさんいる詰所に連れていかれた。

もしかして、事情を聞かれる？

リズも少し緊張しているのか、僕の手をギュッと握ってきた。

そんな様子を見て、エマさんとオリビアさんがクスッと笑う。

「アレク君とリズちゃんは何も心配しないで……実は私たち、ここの領主の娘なの」

「そうです。それに、二人は私たちのヒーローなんですから」

そう言うと僕たちの手を引き、部屋のドアを開ける。

きっちりした雰囲気の部屋だ。応接室だろうか。

「さあ、座りましょう」

オリビアさんに促《うなが》され、僕とリズはソファの真ん中に腰《こし》かけた。

スラちゃんはリズが抱いていて、腕の中でふよふよと揺れている。

両端にはエマさんとオリビアさんがそれぞれ座った。

「よう！　エマ様、オリビア様、なんか急ぎの用だって？」

急に部屋のドアがドンッと開き、立派な鎧を着た男の人が入ってきた。

大きな音に驚いて、僕とリズは思わず体をすくめる。

茶色い短髪のその人は、かなり背が高い。

「もう！　いきなりドアを開けるから、アレク君たちが怖がっているじゃない！」

「そうです。ビックリしているじゃないですか！」

エマさんとオリビアさんが抗議してくれた。

男性は向かいのソファにどっかりと座る。

「ハハハッ、驚かせてすまんな、坊主。この町の騎士団長、ガンドフだ」

豪快に笑いながら謝って、自己紹介をしてきた。

慌てて僕たちも挨拶をする。

「えっと、僕の名前はアレクサンダーと言います。こっちはエリザベスです」

「リズだよ！　こんにちは！」

「お、礼儀正しい坊主だな。それに嬢ちゃんは元気いっぱいだ」

ガンドフさんは気さくにニコニコしているけど、なんとなく強さが滲《にじ》み出ている。

「お待たせしました！」

「すまんのう、遅くなって」

ガンドフさんと挨拶《あいさつ》を交わしたすぐ後、青髪のおかっぱ頭の女性と、司祭服を着た白髪の老人が部屋に入ってきた。

「エマ様とオリビア様と……こちらの子がお客様かしら？　私は冒険者ギルドで副マスターをしている、マリーと申します」

「儂《わし》は教会の司祭をしておるヘンドリクスじゃ」

「初めまして、アレクサンダーです」

「リズです！　初めまして！」

マリーさんとヘンドリクスさんが向かいに座ると、エマさんが話し始める。

「アレク君たちとは森で出会ったの。二人とも捨てられちゃったみたいで……」

エマさんが僕たちと出会った経緯を説明する。

エマさんの話によると、彼女とオリビアさんは、忙しいお父さんにベリーをあげるため、森に摘《つ》みに来たそうだ。

ところが、森に入ってすぐのところでゴブリンに襲われてしまい、そこに僕たちが駆けつけた。

エマさんが事情を明かすと、大人たちが深刻そうな表情になった。

「確認しないといけないことが出てきたぞ。まず、坊主たちが森に捨てられたのは間違いないか？」

ガンドフさんの質問に、僕は頷く。

「はい。三日前に突然知らない人たちに攫《さら》われて、森の中に置いていかれたんです。実は少し前に、家の人たちが僕とリズを追い出そうとしているのを聞いていて……」

幼い頃から書斎に隔離《かくり》されていたことや、リズとは実の兄妹じゃないことは隠しながら話す。

「ふむ……幼い子どもが捨てられる事件は珍しくない。坊主たちは家に帰りたいか？」

「嫌です、多分また捨てられちゃいます」

「森にポイッてされちゃうよ」

僕の言葉にリズが続ける。

ガンドフさんは僕たちが森の中を道なりに歩いてきたことを確かめ、顎《あご》に手を当てた。

「そうか。方角からするとバイザー伯爵領《はくしゃくりょう》だな……」

えっ、今、「バイザー」伯爵領って言った……？

僕が身を硬くしたのはバレなかったみたい。ガンドフさんが話題を変える。

「次はエマ様たちだが……森の近くに本当にゴブリンが出たのか？」

「そうなの。いつもは全然魔物が現れない場所なのに、ビックリして」

「しかもたくさんでした！」

エマさんに続いてオリビアさんが答えると、ガンドフさんは腕を組んで考え込んでしまった。

「あの、僕たち、さっき倒したゴブリンの耳を持っています。証拠になりますか？」

「本当か？　坊主」

「はい、耳以外はスラちゃんが吸収しちゃったんですが……」

「スラちゃん……ああ、連れている従魔のことか？　耳があれば十分だ。ここに出してくれ」

ガンドフさんがテーブルの上に布を敷《し》いたので、僕は魔法袋からエマさんたちを襲ったゴブリンの耳を次々と取り出す……ええっと、大体このくらいだったはず。

こんもりと山になった耳を見て、ガンドフさんが驚いた顔をする。

「坊主たち、こんなにゴブリンを倒してきたのか!?」

「幼いのにとても強いのね！　それにしてもこの数……ギルドの冒険者を招集するレベルね……」

「教会としても、対応を検討しないといけませんな」

僕が出した耳を見て、マリーさんとヘンドリクスさんも難しい顔になる。

「エマお姉ちゃんたちを助ける前にも、ゴブリンがたっくさんいたよ！　ね、お兄ちゃん？」

「何？　それは本当か？」

僕が首を縦に振ると、ガンドフさんが新たな布を取り出した。

テーブルに敷かれたそれに、倒したゴブリンの耳をすべて出す。

「マリー、司祭様、これだけ証拠があればもう十分だな。討伐隊を出す必要があるぞ」

「はい。たった二日間でこれだけの数……冒険者ギルドの規定にも達します」

「明日ギルドマスターが帰ってきたら、すぐ会議をせねばな」

ガンドフさんの問いかけに、マリーさんとヘンドリクスさんが答えた。

どうやらゴブリンの討伐のための緊急会議が決定したみたいだ。

「さて、アレク君よ。君はどうしたいのじゃ？　孤児院を紹介できるがその場合、受け入れ人数の問題でリズちゃんとは別の施設に……」

「リズと別れるのは嫌です！　僕たち、魔法が使えます。子どもだけど冒険者になれませんか？」

ヘンドリクスさんの提案を慌てて断った。するとオリビアさんが言う。

「マリーさん。アレク君たちの身分証をギルドで作ってもらえないでしょうか？」

「もちろんです。ゴブリンとウルフの討伐に、今回の大量発生の報告も、きちんと功績として残しておきます……アレク君、字は書ける？　冒険者登録は書類を書くだけで複雑なものじゃないけれど、必要なら代筆するわ」

よかった、リズと離れ離れにならなくて。それに書類を書くだけなら、僕の本名がアレクサンダー・バイザーであることは隠せそうだ。

「ありがとうございます、マリーさん。自分でできます」

リズと一緒に、ペコリと頭を下げる。

「アレク君とリズちゃんはとっても賢くて大人びているのね。冒険者ギルドには二人のような幼い子がいるけれど、君たちほどしっかりした子は見たことがないわ……きっと、今まで苦労をしたのね。でもあまり無理せず、ギルドを頼って。当面の住む場所も、こちらが用意するから」

マリーさんがくすっと笑って、僕とリズの頭を撫でる。

僕たちの事情は、信用できる人に相談したい。なんとなく、この人たちはいい人な気がするけど……バイザー伯爵家の関係者だとバレてしまって、万が一にもゲインとノラに連絡がいくのはまずい。

それに、リズと離れ離れになりたくない。

本当に信頼に値《あたい》する人たちか、少し様子見させてもらおう。

「明朝、森を騎士団の兵に巡回させる。午後には結果が分かるだろう」

「ギルドマスターも明日の朝には戻っているはずなので、伝えておきますね」

「教会からは、儂が会議に出よう。時間が決まったら教えてくだされ」

大人たちの話がまとまったみたいだ。

「では、アレク君たちはこのまま冒険者ギルドに連れていき、冒険者登録と身分証……ギルドカードの発行を行います。今日はギルド併設の宿屋に泊まってもらいましょう」

話し合いも終わったので、僕たちはマリーさんと冒険者ギルドに向かうことになった。

「アレク君たちをよろしくね、マリーさん。それにしても、ベリーが採れなかったのは残念だなぁ」

「仕方ないですよ、エマ。命のほうが大事です」

エマさんとオリビアさんの話を聞いて、リズが魔法袋の中をゴソゴソと漁る。

「このベリー、エマお姉ちゃんとオリビアお姉ちゃんにあげるね」

「え、いいの？　リズちゃん」

「うん。いっぱいあるから大丈夫！」

リズは優しいから、困っているのを見過ごせなかったんだろうな。

せっかくなので、二人にベリーをたくさん分けてあげた。

「では、行きましょうか」

マリーさんに声をかけられ、僕とリズは立ち上がった。

「また明日ね、アレク君、リズちゃん！」

「今日は本当にありがとうございました！」

僕たちは、エマさんとオリビアさんに手を振りながら応接室を出た。


「うわぁ！　人がたくさんだ！」

「そうね。この町は大きいから、住人の数が多いのよ」

マリーさんに手を引かれながら、人通りの多い道を歩いていく。

通りにはさまざまな屋台が出ている。

そこかしこから商人の威勢《いせい》のいい呼び込みが聞こえてきて、僕もリズもキョロキョロしてしまう。

「はい、到着です。ここが冒険者ギルドよ」

門から歩いて五分ほどで、目的地であるギルドに到着した。

「大きい！　広ーい！」

リズがはしゃぐ気持ちもよく分かる。

大きい町だけあって、ギルドは三階建ての広い建物だ。中から多くの人の声が聞こえてくる。

ギルドに入ると、武器を携《たずさ》えた冒険者が男女問わずたくさんいた。

このギルドは宿屋だけでなく食堂も併設されているようで、大勢が食事をしていた。

「ここが受付よ。まずは冒険者登録をしましょうね」

「スラちゃんってどうしたらいいですか？」

「一緒に従魔登録を済ませましょうか」

書類の説明を受けながらサラサラと必要事項を書いていく。僕とエリザベスのファミリーネームは書かず、スラちゃんの主《あるじ》はリズにして……っと。

そんな様子を見て、マリーさんが目を丸くした。

「あら、アレク君は字が綺麗ね」

「お兄ちゃんはとっても頭がいいんだよ。計算もできるの！」

「それは凄いわね！　さて、二人とも今度はこの水晶に手を置いてね」

「「はーい！」」

「うん、大丈夫です。では、ちょっと待っていてね。人も呼んでくるから」

これで手続き終了みたいだ。

リズの頭を撫でつつ、僕がギルド内を見回していると、とっても強そうな冒険者っぽい男女が近づいてきた。

ちょうどそこにマリーさんが戻ってくる。

「お待たせ……あら？　ジンとレイナ、早かったわね。さっき使いを出したばかりよ？」

「ちょうどギルドに帰ってきたところだったんだ。入り口で聞いたが、用があるんだろ？」

冒険者の一人……ジンさんと呼ばれた人が尋ねた。赤い短髪の精悍《せいかん》な顔つきをした男性で、大きな両手剣を背中に担《かつ》いでいる。

隣に立つレイナさんは長い赤髪をポニーテールにした女の人で、こちらは腰に剣を下げていた。

「ここではなんだから、個室に移りましょう。アレク君とリズちゃんもついてきてね」

「「はーい」」

僕たちが返事をするのを見て、ジンさんが怪訝《けげん》な顔をした。

「マリーさん、子どもも一緒でいいのか？」

「ええ。というか、この子たちは関係者なの」

マリーさんの案内で僕たちはギルドの個室に移動した。

「さあ、ソファに座ってね。アレク君たちは私の隣に来てくれる？」

僕とリズ、マリーさんの向かい側に、ジンさんとレイナさんが着席する。

「まずは簡単に自己紹介をしましょうか。この二人はアレクサンダー君とエリザベスちゃん。この町を出てすぐのところの森に、捨てられてしまったそうなの」

「またかよ、まったく嫌になるぜ」

「二人はうまく森を抜け出せたのね。はあ、それにしたって……」

僕たちの事情を聞いて、ジンさんたちがため息をついた。

「アレク君、リズちゃん。こちらはジンとレイナ。二人とも凄腕の冒険者なの。まだ二十歳なのに、もうAランクの冒険者なのよ」

「おー！　二人とも強いの⁉」

冒険者ギルドの副マスターであるマリーさんが凄腕と紹介するくらいだ。リズとスラちゃんのテンションがとっても上がって、話を聞きたそうにそわそわし始めている。

「さて、ジンとレイナを呼んだ理由を簡単に説明するわね。実はこのアレク君たち、森に捨てられてからここに来る間に、ゴブリンを四十体以上倒してきたのよ」

「マジかよ⁉　小さいのによくそんなに倒したな……って、あの森にゴブリンがそんなにいたのか？　本当に？」

「本当よ。討伐証である耳も、私と騎士団長と司祭様とで確認したわ」

「そのメンバーでチェックしたなら、確実ね。いつ討伐隊を出すの？」

凄腕の冒険者だから、マリーさんの説明ですぐに自分たちが呼ばれたわけを察したみたいだ。

「明日朝にマスターが帰ってくるから、午後には関係者を集めて会議になるわ。午前中に兵が調査する予定よ。ギルドからは、ジンとレイナにもその会議に参加してもらいたいの」

「しばらく依頼を受けない予定だったが……うん、問題ないぞ」

「この町の安全に関わることだもの。もちろん参加するわ」

ジンさんたちも会議に出るってことは、それだけ信頼されているんだな。

そんなことを思っていたら、ジンさんが僕とリズをジロジロと観察し始めた。

「アレクとリズって言ったな？」

「はい」

「そうだよ！」

「ふむ、かなりの魔力を持っているな……」

「そうね。それに一緒にいるスライムは、希少なハイスライムでしょう？　これならゴブリンを倒せるのも納得ね」

おお、さすがは凄腕の冒険者……僕たちの実力を測っている。

レイナさんは、【鑑定】を使わずにスラちゃんの種族を言い当てた。

希少と言われたスラちゃんは、ちょっと自慢げにふるふると震える。

「ええ。この二人、すっごく大人びていて実力がある子たちだけど……まだ幼いわ。ギルド全体で見守りながら、この町での暮らしに慣れていってもらいたいの」

マリーさんの言葉に、ジンさんたちが頷いた。

「それが一番だな。力は凄くても駄目になったやつは山ほどいる」

「子どもは健《すこ》やかに成長することが第一だもの。冒険者として活動するようなら、私たちが面倒を見ましょう」

僕もリズも知らないことがいっぱいなので、いろいろ教えてもらえるのはとても助かる。

「さて、これが二人の身分証になるギルドカードよ……私はアレク君たちの宿を取らないといけないから、これで解散ね」

「それなら俺たちがやるよ。どうせ俺らもここの宿を使うし」

「宿を取ったら、一緒にご飯を食べましょう。せっかくだから、他の冒険者も紹介してあげる」

……ということで、マリーさんとはここで別れることになった。

ギルドのご飯ってどんなものだろう？

ちょっとワクワクしながら、僕とリズはジンさんとレイナさんの後をついていく。

「ここがギルド併設の宿屋だ。ちょっと待ってろ」

まずは、今日泊まる宿屋にやってきた。

結構大きめの建物だけど、多くの冒険者で賑《にぎ》わっている。

「ちょうど俺らの隣の部屋が空いているみたいなんだが、二人で一部屋でもいいか？」

「うん！　お兄ちゃんとスラちゃんと一緒なの！」

リズが元気よく答えると、ジンさんは頷いた。

「よし、じゃあギルドカードを出してくれ」

ジンさんにカードを渡すと、受付をしてくれた。

「とりあえず一泊だな。料金は払っておいたから心配するな」

「「ありがとうございます！」」

ジンさんがお金を出してくれたので、僕とリズはペコッとお辞儀《じぎ》をした。

僕たち、相変わらずお金はまったく持ってないんだよね……早いところ、ウルフの毛皮を買い取ってもらわなくちゃ。

「さて、飯《めし》にしよう。真面目な話をしたら腹が減った」

「まったく、ジンらしいわね」

苦笑するレイナさんだが、僕とリズもお腹がペコペコだ。

レイナさんに手を引かれながら、賑わっているギルドの食堂へ向かう。

「おーい！　こっちだよ！」

「あら、その子たちは？」

「うわあ、小《ち》っちゃくて可愛いですね！」

魔法使いっぽいローブを着ている三人の女性が、先に席を取っておいてくれたみたい。

もともとジンさんたちと約束していたのかな。

僕とリズは、席に座るとペコリとお辞儀をする。

「初めまして、アレクサンダーです」

「エリザベスです！　リズって呼んでほしいです！」

僕たちが挨拶すると、三人の女性はニコッと笑った。

緑色のロングヘアのお姉さんが口を開く。

「挨拶ができて偉いね。私はカミラ。こっちはナンシーとルリアンよ」

カミラさんに紹介され、他の二人が頭を下げる。ナンシーさんが濃いピンク色のボブヘアで、ルリアンさんが赤みがかった金髪のセミロングのお姉さんか。

僕たちは代わる代わるカミラさんたちに頭を撫でられる。

なんだかくすぐったい……と思っていたら、三人が少し真剣な眼差しになった。

ジンさんが問いかける。

「どうだ？　凄いだろう」

「凄いって言葉じゃ足りません。才能の塊《かたまり》です！」

「これは将来が楽しみだね」

ルリアンさんとナンシーさんが口々に答えているけど……もしかして、僕たちの頭を撫でただけで何かが分かったの？

首を傾げていたら、カミラさんがこちらに気づいた。

「私たち、こう見えてもこの町ではトップクラスの魔法使いなの。だから、あなたたちの実力が分かるわ」

ちなみに、ジンさんとレイナさん、カミラさんたちはみんな同じ王立学園の同級生だったそうで、冒険者として活躍する今でも仲がいいらしい。

「そうだったんですね。僕たち、あまり他の魔法使いを知らなくて……」

「お姉ちゃん、凄い、凄ーい！」

リズが興奮しているけど、僕だってはしゃぎたい。

魔法使いとしてきちんと活動している人に会うのは、これが初めてだ。

「話が盛り上がっているところにすまないね。日替わり定食八つ、お待たせ！　こっちは坊やたちお子様用と従魔の分だよ。たんとお食べ」

……と、ここでウエイトレスのおばさんが夕食を持ってきてくれた。

プレートの上にステーキとパン、サラダが載っている。

僕とリズ、スラちゃんのために、小さく切り分けたものも作ってくれたみたいだ。

さらにジンさんたち大人組の前にビールが、僕たちの前にジュースが置かれた。

みんながグラスを持ち上げる。

「「「「「乾杯！」」」」」

僕とリズはカットされたステーキを一口食べ、顔を見合わせた。

「おいしーい！　お兄ちゃん！　このお肉、とってもおいしいよ！」

「そうだね。柔《やわ》らかくて、口の中ですぐ溶けちゃうよ」

久々のお肉というのもあるだろうけど……このステーキ、本当においしいな。

「リズ、口の周りがソースだらけだよ」

リズがバクバクとステーキを食べ進めているので、口の端《はし》についたソースを拭《ふ》いてあげた。

僕たちの様子を見て、女性陣がなんだかとってもいい笑みを浮かべている。

「いい食いっぷりだな、どんどん食べろよ」

お酒ですでに顔が赤いジンさんも、ニコニコした笑顔を見せた。

久々のちゃんとした食事で、僕たちのお腹はいっぱいだ。

「おお、綺麗に食べたね。これはご褒美《ほうび》だよ」

おまけに、食器を片付けにきたおばさんからアイスをいただいてしまった。

「ありがとうございます、おばさん！」

甘いものはやっぱりおいしいな。

他の人も食べ終わったので、お会計のことを聞いてみる。

「ジンさん、ご飯代はいくらですか？　今はお金がないけど……今度払います！」

「子どもは黙って奢《おご》られておけ」

「そうよ、気にすることないわ。ジンが払ってくれるから」

ジンさんとレイナさんに断られてしまった。

「すみません、ごちそうさまでした」

ジンさんが食事代まで出してくれて申し訳ないけど、ここは厚意に甘えよう。

「私たちは別の宿だから、ここでお別れね」

「ばいばーい、カミラさんたち！」

リズが大きく手を振った。

カミラさんたちと別れて、僕とリズは宿に向かう。

宿泊する部屋に着くと、ジンさんが鍵を渡してくれた。

「ほら、これが鍵だ。明朝、受付に返せばいいからな」

「何かあったら遠慮《えんりょ》なく呼んでね」

「はい、本当にありがとうございます」

二人にお礼を言って、部屋に入る。

今日は本当にいろいろあったので、なんだか疲れてしまったな。

僕は、自分とリズ、スラちゃんを【生活魔法】で綺麗にした。

「ゆっくり寝られるね、お兄ちゃん！」

「ベッドで寝るのも久しぶりだからね……」

枕元では、もうスラちゃんが夢の中だ。

僕とリズはベッドに潜り込み、いつものように抱き合いながら眠った。

◆◇◆

翌朝。

「ふわあ、よく寝た」

久々にベッドで寝たので、とってもスッキリと目が覚めた。

ベッドの上で伸びをすると、リズも起きたみたいだ。

着替えて朝ご飯代わりのベリーを食べる。

「それにしても、ベリーがいっぱいあるね……」

「またエマお姉ちゃんたちにあげようよ！」

今日は何をしようかな……そんなことを考えながら、朝食を終えた僕たちは部屋を出る。

「「ありがとうございました！」」

「二人とも、また泊まってね」

宿屋の受付で元気よくお礼を言って、鍵を返す。

冒険者ギルドの中は、まだ朝早いのに冒険者たちでいっぱいだ。

僕たちもギルドの受付に向かう。

「おはよう。君たちの話は副マスターから聞いているわ。アレク君とリズちゃん、朝から元気ね」

受付のお姉さんにいろいろ聞こうとしたら、先に向こうから話しかけられた。

「ちょうどこの後初心者冒険者向けの講座があるから、アレク君とリズちゃんは必ず受けてね」

おお、そうなんだ。

「講座を受けるために、何か準備はいりますか？」

「特にいらないわ。受付に申し出てくれれば大丈夫よ」

「分かりました。では、よろしくお願いします」

「お願いします！」

僕たちがハキハキと頼むと、お姉さんが笑みをこぼす。

「はい、分かりました。三十分後に始まるから、時間になったらここに来てね」

あっ、素材の買い取りについて聞いておかないと。

「お姉さん、ウルフってギルドで買い取ってもらえますか？　血抜きはできているはずです」

「あら、ちゃんと処理までしてあるのね。あそこにいるおじさんに言えば、素材を引き取ってくれるわ。お金もそこで払われるわよ」

そう言って、お姉さんは受付の隣を指差した。

「お兄ちゃん、行こー！」

話を聞くと、リズが僕の手を引っ張って走り出してしまった。

「リズ、慌てないで！」

お姉さんには、後で改めてお礼を言おう。

「おお、エマ様とオリビア様を助けたっていう坊主たちだな？　凄い魔法使いだって聞いてるぜ。どうしたんだ？」

厳《いか》つい顔だけどニカッと笑いかけてきたおじさんに、用件を伝える。

「ウルフの買い取りか……状態を確かめるから、こっちのテーブルに置いてくれ」

僕たちが魔法袋からウルフを出すと、おじさんは少し驚いた顔をした。

「ハハハッ、なかなかの数を倒したな」

「でも、夢中だったから毛皮が傷だらけで……」

「初めてにしちゃ上出来だ。次は頭を狙うといい。ウルフの頭は素材にならないから、買い取り価格が下がらないぞ。じゃあ、ギルドカードを出してくれ」

きっと、魔物ごとに狙うべき部位があるんだろうな。

ギルドカードを出すと、おじさんが素早く手続きを済ませてくれた。

「ウルフは二十万ゴールドってところだ。ギルドカードに実績を登録しておいたぞ」

「お金は、僕とリズで半分ずつもらえませんか？」

「しっかりしたお兄ちゃんだな……この二つの袋にそれぞれ金が入っている。またたくさん仕留めてこいよ」

「ありがとうございます」

大体、一ゴールドが一円くらいの感覚でいいのかな。

盗まれたら大変なので、すぐに魔法袋にしまった。

買い取りが終わって、僕たちはギルドの受付に戻る。

「戻りました。さっきはありがとうございました」

「お疲れ様。ちょうど講師の冒険者も来たわよ」

受付のお姉さんに案内されて、ギルド内の個室に向かう。

「はい、ここが今日の初心者向けの講座を行うところよ。頑張ってね」

お姉さんと別れ、部屋のドアを開ける。

「あら、アレク君とリズちゃんじゃない！」

そこには昨日ぶりの再会になる、カミラさんがいた。

「あっ、カミラさんが先生なんですね」

「私たちもいるわよ」

「ナンシーさんとルリアンさんだ！」

リズがタタタッと走り出して、ナンシーさんに抱きついた。

この三人、トップクラスの魔法使いだって言ってたもんね。いろいろ話を聞けそうだ。

部屋は教室みたいな場所で、たくさんの机が並んでいる。

一番前に他よりも小さい机と椅子があるから、僕とリズはそこに座るんだろう。

講座を受ける人たちが集まってきたので、僕たちは席に着いた。

スラちゃんはリズの机の上にちょこんと乗る。

集まった人たちの年齢はバラバラだ。中には、僕とリズより少し大きいくらいの子もいる。

「参加者が揃《そろ》ったようなので、これから初心者向けの講座を始めます。私はBランク冒険者のカミラよ。こちらにいるルリアンとナンシーと共に、今回の講師を担当します……では、はじめに冒険者のルールについての説明から始めましょう」

ルリアンさんとナンシーさんが、みんなに冊子を配っていく。

どうやらこれが教科書らしい。

「まず、冒険者は基本的に自己責任の世界です。自分の身は自分で守ることが大原則となってきます」

冒険者の仕事は薬草の採取などの簡単なものから、魔物の討伐といった命がけの依頼までさまざまだという。自分の実力に見合ったものを選ばないといけないんだね。

「あなたたちにはまず、Gランク冒険者として活動してもらいます。依頼は自分のランクより一つ上のものまでなら、自由に受けることができるわよ。中にはランクを問わない依頼もあります。依頼を一定回数成功させる、もしくはギルドに対して貢献《こうけん》すると昇格していく仕組みね。ただし、依頼を連続して失敗した時はランク降格。また、年に一回も依頼を受けていない場合も同様の措置《そち》を取るわ」

冒険者として確実に、かつ継続的に仕事を受けないといけないのか。

ルリアンさんが横から補足する。

「ギルドカードは実績を確認したり、身分証として必要になったりするのでなくしたら駄目ですよ。ランクが上がるとさまざまな特権を持つことができますが、詳しくは冊子を確認してくださいね」

特権ってどんなものだろう？　後で読んでおかなくちゃ。

ただ、僕たちが特権を得るためには相当頑張らないといけないのは間違いない。

「ここまでで何か質問は？」

「はい！」

カミラさんの問いかけに、リズが元気よく手を挙げた。

「冒険に行く時の注意ってなあに？」

「いい質問ね」

カミラさんが笑みを浮かべる。

「依頼を受ける時は必ず事前に詳細を調べ、下準備をしなければいけないわ。特に高ランクの依頼になればなるほど事前にどれだけ情報を集めるかが鍵《かぎ》。薬草採取にしても、辞典で植物や魔物について学んでおくのがおすすめよ。こうした書籍は冒険者ギルドでも販売《はんばい》しているから、最初のうちに買っておくといいでしょう。装備もしっかりと揃え、特に薬草やポーションは常にストックしておく必要があります。前衛だけではありません。後衛の魔法使いにとって、魔力切れで気絶してしまっては大問題ですからね」

確かに、カミラさんの言う通りだ。魔力が切れたら【鑑定】は使えないわけだし、僕も辞典を買って魔法に頼りすぎないように勉強しないと。

「ギルドではいろいろな講座を開いているわ。無料で参加できるから、積極的に参加してね」

ナンシーさんが話をまとめた。僕はちらりと後ろを振り返る。

うーん……ほとんどの人は真剣に講義を聞いているけど、中にはちょっと退屈そうにしている人もいる。

たとえば、一番後ろの席にふんぞり返って座っている男の人。筋肉ムキムキなんだけど、つまらなそうにあくびをしているし……こういうちゃんと話を聞かない人って依頼を失敗しちゃいそうだなぁ。

「これから訓練場に移動して、君たちの実力を確かめます。それぞれ得意な武器、魔法で私たちと勝負するの。私もナンシーたちも、本業は魔法使いだけど、武器も一通り扱えるから手加減はいらないわよ」

……ということで、みんなでギルドにある訓練場にやってきた。

「あ、アレク君とリズちゃんは一番最後にするから、ちょっと待っていてね」

ナンシーさんに言われ、僕たちは練習場の隅で体育座りをして他の人を見守る。

スラちゃんはぴょんぴょんと跳ねながら、僕とリズの頭の上を行ったり来たりしている。

参加者たちを見回して、カミラさんが言う。

「では、最初にやりたいという人はいるかしら？」

「俺がやるぞ！」

さっきまでつまらなさそうにしていた筋肉ムキムキの男性が、大きな剣を持って名乗りを上げた。

なんだかやる気満々みたいだ。

「もし俺がぶちのめしちまっても、実力を測れなかった先生の自己責任ってやつだよな？」

「もちろん。それができればの話だけどね」

筋肉ムキムキの人はニヤニヤと笑っているけど、僕は絶対に無理だと思うな。

カミラさん、リーチが短いダガーを選んでいるのに、余裕そうな表情を崩《くず》さないし。

「きっと、カミラさんが簡単に勝っちゃうね」

リズも僕と同じ意見みたいだ。

カミラさんと男の人がそれぞれ武器を構える。

そして試合が始まった。

「オラ、オラ、オラッ！」

男の人が振るう大剣を、カミラさんはなんなくよける。

その様子に気を悪くしたのか、彼はさらに剣を振り回した……が、まったく当たる気配がない。

「後があるのでこのくらいにしましょうか。あなたは剣技講習をしっかり受けなさい」

そう言ったカミラさんが、素早く男の懐《ふところ》に飛び込む。

そして相手の首筋にダガーを突きつけた。

「お、俺の剣技が……」

男の人が呆然とした。

「それではどんどんいきましょう。ルリアンとナンシーも空いてるから、遠慮なくかかってきなさい。ただ、もしまだ一度も実戦をしたことがない場合は申し出てね」

練習場の隅で「の」の字を書いていじけている対戦相手をスルーし、カミラさんが呼びかけた。

ルリアンさんとナンシーさんも指導を開始して、初めて武器を持つ人にも的確なアドバイスをしている。

やっぱり、トップクラスの冒険者って凄いな。

三十分くらいすると、僕とリズ以外の冒険者の実力確認が終わったみたい。

ようやく僕たちの番だ。立ち上がって中央に進み出る。

「今から戦うアレク君とリズちゃんは、すでに魔法使いとして実力がある子たちよ」

「まだまだ実戦経験は少ないそうですが、魔力量が際立っていますからね」

あの……ルリアンさんとナンシーさん、なんだかハードルを上げていませんか？

他の人たちが「嘘《うそ》だろ」って顔をしているよ。

そんなことはお構いなしに、カミラさんが口を開く。

「二人とも、手加減なしの全力で魔法を使っていいわよ。どんな魔法が得意かな？」

うーん……改めて言われるとなかなか思いつかない。

「カミラさん、僕とリズってよく一緒に魔力循環をしていたんです。だから、二人の魔力を溜《た》めて
そのまま放つ……っていうのは駄目ですか？」

「あら、そんな練習をしていたのね。きっと幼い頃から魔力循環をしていたから、二人とも際立って魔力が多いんだわ。それは一種の【合体魔法】よ。お互いの相性がいいと、魔法の効果が増したり、異なる属性の魔法を重ねがけできたりするの……それなら、私とルリアン、ナンシーで【魔法障壁】を張りましょう。【合体魔法】と【合体魔法】をぶつけ合う形でどうかしら？」

「はーい。お兄ちゃん、やってみようよ！」

カミラさんたちが三層の【魔法障壁】を作り出す。

僕とリズは手を繋ぎ、負けじと魔力を溜めていく。

「カミラさんたち、いっくよー！」

ヒューン、ズドドドーーン！

リズの声を合図に一気に魔力を放出すると、訓練場に凄《すさ》まじい音が轟《とどろ》いた。

僕たちが出した極太《ごくぶと》の魔力のビームが、ガリガリとカミラさんたちの【魔法障壁】を削《けず》っていく。

ビームと【魔法障壁】が衝突《しょうとつ》した余波で、リズの頭の上にいたスラちゃんがころりと落ちた。

あ、これってかなりマズイかも。

「リズ、ストップ！　これ以上は駄目！」

急いでビームを止めると、【魔法障壁】が消滅する寸前だった。

【魔法障壁】だけでは防御《ぼうぎょ》しきれなかったのか、カミラさんたちはボロボロだ。

いけない、やりすぎた。慌てて僕たちは三人に駆け寄る。

「あわわわわ。リズ、早く回復魔法を！」

「ごめんなさい、やりすぎちゃった！」

すぐにリズが怪我を癒やすと、カミラさんたちが息をついた。

「怪我をさせてしまってごめんなさい」

「魔力、あんまり溜めないようにしたんだけど……グスッ」

思いがけず大怪我をさせてしまった……それが怖くて、リズと一緒にポロポロと泣いてしまう。

すると、ルリアンさんとナンシーさんが僕たちを抱きしめた。

カミラさんがしょんぼりする僕の頭を撫で、苦笑する。

「たまにとんでもない逸材《いつざい》が現れるいい例ね。アレク君たちは悪くないわ。冒険者は自己責任の世界……相手の力量を測り間違えるととても危険だわ。そこのあなたも、分かったわね？」

筋肉ムキムキの人が真剣な表情でコクコクと頷いていた。他の人も怯《おび》えているみたい。

「今日の講座はこれで終わり。解散しましょう」

ナンシーさんの号令でお開きになったけど……僕とリズはまだ涙が止まらない。

カミラさんたちに手を引かれて食堂へ向かうと、ジンさんとレイナさんが待っていた。

「おっ、来たな……って、なんで泣いてるんだ？」

「何かあったの？」

僕とリズの様子に気づき、心配そうだ。

二人の質問にルリアンさんが答える。

「初心者向けの講座でちょっとありまして……講座の中で、新人の実力確認をするでしょう？」

「ああ、それがどうした？」

ジンさんが尋ね返すと、今度はナンシーさんが説明する。

「実は、アレク君とリズちゃんの【合体魔法】が私たちの【魔法障壁】を破りかけてね……怪我をさせてしまったって、二人とも反省しているみたいなのよ」

「そっか。優しい子だから、無自覚に人を傷つけて悲しくなっちゃったんだね」

僕とリズがコクコクと頷くと、レイナさんが頭を撫でてくれた。

「しかし、凄いな。カミラたち三人の【魔法障壁】をいとも簡単に……」

「意識して【合体魔法】を使うのが初めてで、加減が分からなかったようね。今度ちゃんと教えてあげるから、ゆっくり慣れていきましょう」

きちんと魔力を制御しないと危険だってよく分かった。

「ほら、お喋りはここまでだよ。ご飯を食べれば元気になるよ」

僕たちが涙を拭った頃、ウェイトレスのおばさんが昼食を持ってきた。

とてもいい匂《にお》いで、リズが途端に笑顔になった。

早速メインの焼肉にフォークを伸ばしている。

「お兄ちゃん、これ、肉汁がジュワッてしておいしいよ！」

すっかり元気になったリズを見て、カミラさんが苦笑いして言う。

「しばらくは私たちは予定があって忙しいけど……片付いたら一緒に魔法の修業をしようね」

これから頑張って修業しよう。


「カミラさんたちのご飯代は僕に払わせてください。ウルフを売ったから、お金はあるんです」

昼食後、僕は三人に向かって申し出た。

「怪我をさせちゃってごめんなさいの代わりなの」

リズも同じ気持ちなのか、頭を下げている。テーブルの上のスラちゃんもペコリとお辞儀した。

「じゃあ、今回は奢ってもらおうかしら。でも、これでこの件は終わり。もう気にしないで」

ある意味区切りってのもあるけど……少し気持ちが晴れた。

「さて、それじゃ、移動するか」

「私とジン、これから会議に出るんだけど、カミラたちも来てほしいそうよ」

昨日話していたゴブリンの討伐に関する話し合いだね。

「行ってらっしゃい」

ここでお別れかなと思って手を振ったら、ジンさんとレイナさんが不思議そうな顔をする。

「何してるんだ？　アレクとリズも一緒に行くんだぞ」

「そうよ。君たちが第一発見者なんだから」

思わずリズと顔を見合わせる。

ルリアンさんとナンシーさんが手を繋いでくれたので、僕たちも向かうことになった。

冒険者ギルドを出る。

ジンさんたちは足の遅い僕とリズに合わせて、ゆっくり進んでくれているみたい。

屋台が立ち並ぶ市場を抜けると、周囲に住宅が増え始めた。

しばらくすると、高級そうな屋敷があるエリアに入る。

そして大通りに面した、ひときわ大きい屋敷に到着した。

リズと揃って声を上げる。

「「うわあ、おっきい！」」

立派な門や広い庭まである、大豪邸《だいごうてい》だ。

ジンさんが門兵に声をかけると、すぐに屋敷から執事《しつじ》がやってきた。

「こちらへどうぞ」

高そうな調度品が並ぶ応接室に通される。

僕とリズはすっかり緊張してしまい、出されたジュースの味さえ分からない。

「ここはいつ来ても圧倒されるな」

「そりゃ、領主様の邸宅《ていたく》だもの」

苦笑いするジンさんに、カミラさんが言った。

ああ、だからこんなに豪華なお家なんだ。

しばらくすると、応接室のドアがノックされた。

ドアを開けて入ってきたのは、昨日会ったこの町の司祭様……ヘンドリクスさんだ。

「「こんにちは！」」

「おお、先に来ておったか」

僕とリズが挨拶するとヘンドリクスさんは頭を撫でてくれた。

すぐに騎士団長のガンドフさんもやってきて、僕たちをポンポンと叩いていく。

「お待たせして申し訳ありません」

「すまんな、待たせた」

次に、冒険者ギルドの副マスターのマリーさんと、初めて見る大きな男の人が入ってきた。

男の人は髪を短く刈《か》り上げていて、筋肉ムキムキのかなり厳つい体格だ。

マリーさんと一緒に来たってことは、もしかしてこの人がギルドマスター？

「こんにちは、アレクサンダーです」

「リズはエリザベスです！」

「お、このちびっこが例の子か。しっかりしているな。俺は冒険者ギルドのマスター、ベイルだ」

「ベイルさん、強く撫ですぎです。二人の髪の毛がボサボサになってしまったでしょう？」

そう言って、マリーさんが手ぐしで僕たちの髪を整えた。

「会議が始まる前に連絡だ。兵から、森にゴブリンが大量にいたと報告があった。すでに領主様には共有したが……」

ガンドフさんの言葉に、ベイルさんが顔をしかめる。

「はあ、マジかよ。最近は平和だと思っていたんだがな」

やっぱりゴブリンが大量発生していたんだ。

そんな話をしていると……

「やあ、待たせてしまったな」

応接室に、新たに男性が入ってきた。

他のみんなが立ち上がったので、慌てて僕とリズも真似をする。

その男性は、フリルの付いたシャツに深緑色のジャケットを羽織《はお》っている。ジャケットには金色の刺繍が入っていて、とっても豪華な雰囲気だ。

きらびやかな服を着ている人を見ると、僕たちを追い出したゲインとノラを思い出すんだけど……この人からは嫌な感じがちっともしない。

彼が着席したので、改めて僕たちもソファに座った。

「まずはお礼を言おう、小さな魔法使いたち。娘を助けてくれてありがとう。私はエマとオリビアの父でヘンリーと言う。ここ、ホーエンハイム辺境伯領の領主だが……あまりかしこまらないで

くれ」

「初めまして、アレクサンダーです」

「エリザベスです」

「なるほど。幼いのに凄く大人びていて礼儀正しいという話は事実だったんだな」

辺境伯って、確か前世で読んだ異世界ものではかなりの上位貴族だった。

「さて、君たちのおかげで貴重な情報が手に入った。騎士団の調査でもゴブリンが確認されたが、より詳しく調べたい。冒険者ギルドから人員を出せるか？」

「ここにいるジンたちにパーティを組んでもらう予定です」

ヘンリー様の質問に、ベイルさんが答えた。

この五人なら実力があるし……騎士団も同行するそうだから、しっかり調査できるはずだ。

「万が一、ゴブリンが町を襲ってくるようなら、教会にも冒険者の治療や住民の避難先として協力を求めることになるだろう」

「承《うけたまわ》りましたぞ、ヘンリー様。治癒師《ちゆし》を派遣しましょう」

治癒師とは、回復魔法が得意な魔法使いのことらしい。

ヘンドリクスさんが胸を叩いた。そういえばこの町の教会ってどんな建物だろう。

頭の中に、社会の教科書に載っていた教会の写真が思い浮かぶ。

「調査が終わり次第、討伐隊を出そう。各組織も準備を進めてくれ」

ヘンリー様はみんなに声をかけた後、なぜか僕たちに向き直った。

「さて、アレク君とリズちゃん。君たちにも協力を願いたい。娘から、『回復魔法が使える』と聞いたが、それは本当かね？」

「はい、使えます。ただ、僕よりリズのほうが上手です」

「ふむ……実は、いざという時には教会で治療の手伝いをしてもらいたいのだ。頼めるか？」

ヘンリー様のお願いに僕は頷いた。

「戦闘に参加しろ」と言われたのなら、断っていたかもしれない。

ただ、怪我人を治療するのなら僕たちでも力になれる。

リズもスラちゃんもふんすっと気合を入れている。

「ありがとう、二人とも。それでは話はまとまったしお茶にしようか。準備を始めてくれ」

そう言ったヘンリー様が、そばにいた使用人に指示をした。

使用人が応接室を出ていき、しばらくすると……

「「失礼します」」

「あ、エマお姉ちゃんとオリビアお姉ちゃんだ！　お洋服、綺麗だね！」

ドアを開けて、エマさんとオリビアさんが入ってきた。

二人とも昨日のような軽装ではなく、フリルのついたドレスを着ていてとても華《はな》やかだ。

使用人と一緒にお茶とお菓子を持ってきたみたい。

「リズちゃんが分けてくれたベリーで、ベリーパイを作ったの。みんなで食べて！」

「アレク君とリズちゃんは命の恩人だから、感謝の気持ちをいっぱい込めました」

各人の前に切り分けられたベリーパイが並ぶ。

真っ先にパイに飛びついたリズが、一口食べて瞳を輝かせた。

「エマお姉ちゃん、オリビアお姉ちゃん！　これ、とってもおいしいよ！」

リズの言う通り、甘酸っぱくて凄くおいしい。

「気に入ってもらえてよかったー！」

「おかわりもありますから、どんどん食べてくださいね」

こうして和やかな時間が過ぎた。


「アレク君、リズちゃん。今日はうちの屋敷に泊まっていくといい。娘を助けてくれたお礼に夕食をごちそうしよう」

ベリーパイをいただき、他のみんなと一緒に挨拶をして帰ろうとすると、ヘンリー様に呼び止められた。

「お礼なら、さっきのベリーパイで十分です」

「遠慮しないでいいんだ。これは父親としての感謝の気持ちだよ」

うーん、それならお言葉に甘えようかな。

「ありがとうございます。ごちそうになります」

僕とリズはヘンリー様の屋敷に残ることになったので、ジンさんたちとはここでお別れだ。

みんなが帰ると、待ってましたとばかりにエマさんとオリビアさんが近づいてきた。

「アレク君とリズちゃん、一緒にお風呂に入ろ！」

「お姉ちゃんたちが綺麗に洗ってあげます」

二人に手を引かれて、浴室に案内された。


「お兄ちゃん、泡々《あわあわ》だよ」

「そうだね……って、リズも泡まみれだ」

ついでにスラちゃんも綺麗にすると、髪と体を洗って、湯船に入った。

いつもは【生活魔法】でぱぱっと済ませていたし、あの家にいた頃は追い立てられるように入浴していたので、こんなにのんびりお風呂に浸《つ》かるのは初めてだ。

お風呂から出たら、なめらかな肌触りの服に着替える。

僕たちが着ていた服は、洗っておいてくれるとのことだった。

「次はこっち！」

「おいしいご飯が待ってます！」

食堂には、すでにテーブルいっぱいにごちそうが用意されていた。

僕とリズのために、子ども用の椅子が出ている。

僕たちはエマさんとオリビアさんに挟まれて座った。

「いやあ、待たせたな」

「お客様なのに、お待たせしてごめんなさいね」

しばらくすると、ヘンリー様と見知らぬ女性がやってきた。

「こんばんは。エマとオリビアの母で、イザベラと言います。昨日は二人を助けてくれて、本当にありがとう」

イザベラ様はとっても優しそうな雰囲気の人で、薄茶色のカールがかかった髪形をしている。

「さあ、今日は料理人に腕を振るってもらったぞ」

ヘンリー様が言う通り、とても豪華な料理ばかりだ。リズは目を輝かせているけど……

「ヘンリー様、ごめんなさい。僕たち、食事のマナーが分からなくって……」

「そんなことを心配していたのか？　マナーなんて気にしなくていいんだ。好きなように食べてくれ」

「ありがとうございます」

そのままヘンリー様が食前の挨拶を始める。

「こうして家族揃って食事ができるのも、勇敢《ゆうかん》な小さな魔法使いたちのおかげだ。今日は楽しんでくれ。乾杯！」

「「「「乾杯！」」」」

早速料理を口にしたリズの表情が、どんどん明るくなっていく。

「お兄ちゃん！　このお肉、すっごくおいしい！」

肉はしっかりと煮込《にこ》まれていて柔らかく、味付けもちょうどいい。

前世を含めたこれまでの人生の中で、間違いなく一番おいしい料理だった。

「こんなにおいしいご飯、初めてです」

僕が言うと、ヘンリー様は微笑んだ。

「そうか、そうか。お腹いっぱい食べるといい」

ジンさんたちとの食事も楽しかったけど、ヘンリー様たちと食べるのも楽しい。

こんなに温かい気持ちになるのは初めてだ。

今日一日、たくさんの人と接したけど……ほとんどが裏表のないいい人たちだった。

ヘンリー様だって、偉い人なのにとても親切にしてくれるし……僕とリズの事情を話しても信じてくれるかも。

「ヘンリー様、食事が終わったら相談したいことがあるんです」

僕は意を決してヘンリー様にお願いした。

「うむ、いいぞ。なんでも話してくれ」

「ありがとうございます……リズ、内緒話だからスラちゃんと待っててね」

「えー、なんで一緒じゃ駄目なの？」

リズが膨《ふく》れっ面《つら》をする。

「じゃあ、リズちゃんは私たちと一緒にいようよ！」

「女の子とスラちゃんだけでガールズトークです！」

リズにはごねられたけど、エマさんたちの誘いでなんとか納得してくれた。

「急なお願いをして、すみません」

「問題ないぞ。妹にも聞かれたくないことなのだろう？」

夕食の後、僕はヘンリー様と共に彼の執務室に移動する。

ここには僕たち以外、誰もいない。

僕は、正直に自分の生い立ち《おいたち》を話すことにした。

「相談というのは、僕たちの生まれです。これを話すとリズと一緒にいられなくなるかもと思って、今までずっと黙っていました……僕とリズって本当は兄妹じゃないんです」

僕はゆっくりと話を切り出した。

「前に自分とリズを【鑑定】したことがあります。その結果、僕の本名はアレクサンダー・バイザー。リズの本名は、エリザベス・オーランドであると分かりました」

僕の言葉に、ヘンリー様が眼差しを鋭くした。

「アレク君、それは本当なのか？」

「はい……ただ、他の人から【鑑定】されたことはないので、もしかしたら違うのかも……」

「なるほど……まだ君しか知らないのか？」

「……僕たちが住んでいた家にいた人は知っているかもしれません。僕はゲイン・バイザーという男性、そしてノラ・バイザーという女性がいる家で、隔離されて育ちました。そこにリズが突然連れてこられて……この『バイザー』というファミリーネームは、森の向こうの伯爵領と同じです。それに以前、あの屋敷の侍女がリズのことを『王家の……』と言いかけるのを聞きました。今まで黙っていてごめんなさい」

ヘンリー様は頭の中を整理しているのか、目を閉じて何やら考え込んでいる。

しばらくすると、僕のほうを向き直った。

「【鑑定】で出た結果なら、間違いないだろう。ゲインとノラ……その二人はバイザー伯爵領の現領主夫妻だ。そうか、これですべて繋がった。アレク君、君は幼くてもとても賢く、自分とリズちゃんのこれからを真剣に考えているね。だから少し教えよう」

ヘンリー様は姿勢を正し、話し出した。

「まずアレク君とリズちゃん……君たちはいとこだ。君の父親とリズちゃんの母親が兄妹でね」

「ヘンリー様、もしかして僕とリズの両親を知っているんですか？」

「ああ、君の両親はエイダンとアリス、リズちゃんの両親はサミュエルとミアといった……残念ながら、彼らはすでに故人だ。今から三年半ほど前に立て続けに亡くなった」

「えっ！」

僕の両親はともかく、リズの親までこの世にいないなんて……

「アレク君の両親は病死、リズちゃんの両親はその葬儀《そうぎ》に向かう道中で事故に遭《あ》ったんだ。彼らの死は不審死《ふしんし》とされていて、ゲインとノラの関与が疑われている」

衝撃の事実の連続だ。

でも、あの二人なら何をしても不思議じゃない。

「ゲインとノラは黒い噂《うわさ》が絶《た》えない二人でね。かねてからゲインは腹違いの兄――君の父、エイダンを謀殺《ぼうさつ》し、バイザー伯爵家を乗っ取ったのではないかと言われていたんだ。なぜ君たちを生かしていたのかは分からないが……」

そこで一度言葉を区切ったヘンリー様が、僕の目をまっすぐ見つめる。

「アレク君が話してくれたことは王家に報告しよう。君たちは保護されるべき存在だ。特にリズちゃんは、君の想像通り王家に縁が深いからね」

「はい、ありがとうございます」

「しばらくは娘の恩人として我が家に滞在してくれ。そして王家からの連絡を待つといい」

思いきってヘンリー様に話をして正解だった。

これからどうなるか分からないけど、いい方向に向かってほしい。

ヘンリー様との内緒話が終わり、僕はリズのところ……食堂に向かう。

「お兄ちゃん、遅いよ！」

「ごめん、ごめん。ちょっと話が長くなっちゃったんだ」

駆け寄ってきたリズがポカポカと胸を叩くけど、本気ではないあたり可愛い抗議だ。

ちなみにスラちゃんは、リズの頭の上に絶妙なバランスで乗りつつ眠そうにしている。

「アレク君、明日は何か用事がある？」

「よかったら、私たちと一緒にお買い物に行きませんか？」

エマさんとオリビアさんから、ありがたい申し出だ。

「もちろん！　服や装備を揃えたかったんです」

「なら、ちょうどいいタイミングだね！」

「私たちが、二人を素敵《すてき》な魔法使いにしてあげます」

「わーい、みんなでお買い物！」

ということで、明日の予定が決まった。

そろそろ寝る時間とのことで、リズと一緒に来客用の部屋に向かう。

「凄いふわふわだよ、お兄ちゃん！」

「ほら、もう寝るよ」

ベッドで跳ねているリズを窘《たしな》めて、二人で布団に入った。

◆　◇　◆

「ふふふ、久々に小さい子のコーディネートが楽しめるわ」

翌朝、エマさんとオリビアさんとの買い物に、なぜかイザベラ様も参加することになった。

なんだかとってもやる気満々な様子で、ちょっと不安な気持ちになる。

「アレク君とリズちゃんのお洋服、いっぱい買ってあげるわ」

「あの、僕たち、稼いだお金があるので自分で……」

「子どもが何を遠慮しているの。それに、娘を助けてもらったのだからこれくらいして当然よ」

そう言われると断りにくく、僕は素直に甘えることにした。

「さて、まずはこのお店からね」

最初のお店はどう見ても高級そうだ。僕とリズは完全に場違いな気が……

イザベラ様とエマさんたちがドアをくぐると、奥から店員が駆けつけてきた。

「これはこれは、奥様にお嬢様方。本日はどのようなお召《め》し物をお探しで？」

「オーナー、今日はこちらの二人の服を見繕《みつくろ》ってほしいの」

「こちらのお子様ですか。ふむ、幼い兄妹……もしかして、巷《ちまた》で噂の『小さな魔法使い』様？」

「あら、この二人を知っているの？」

「はい、奥様。お嬢様を助けたこともそうですが、冒険者ギルドにとんでもない新人がやってきたと噂になっておりますよ。なんでも、すでにBランク冒険者より魔法がうまいとか……」

ううっ、もう昨日のギルドでの失敗が広まっているのか。

そうこうしているうちに、エマさんとオリビアさんがいろいろな服を持ってきて、僕たちの試着会が始まった。

「この服はいかがでしょうか？」

「うーん、アレク君はすっごく大人っぽいから……もう少し落ち着いた色にしたほうがいいよ！」

「こちらのスカート、リズちゃんの鮮やかな髪色にピッタリです！」

「それならアクセサリーはこっちを合わせたいわね」

店員もエマさんもオリビアさんもイザベラ様も……盛り上がってしまって止められない。

お店に来てから一時間、僕たちはすっかり着せ替え人形だ。

おしゃれに慣れていない僕はもちろん、最初ははしゃいでいたリズも少し疲れてきたみたい。

「さあ、今度は普段着を見ましょうね」

最初のお店に入ってから二時間が経った頃、やっと別の服屋に移動した。

今度は普段の服や下着に加えて、冒険者として活動する時の服も選ぶことに。

イザベラ様たちがどんどん決めてくれるのは助かるけど……

僕もリズもスラちゃんも、すっかり疲労困憊《ひろうこんぱい》だ。

「冒険者の道具も売っているから、お店の方に届けてもらいましょう。お母様、そろそろ終わりにしないとアレク君たちが大変です」

「もうお昼だもんね。帰ってご飯にしようよ！」

オリビアさんとエマさんが、イザベラ様を止めてくれた。

助かった。これ以上続いたら、さすがに倒れるところだった。

屋敷に戻って昼食を食べると、リズとスラちゃんと一緒にすぐに眠ってしまったのだった。


先にお昼寝から起きた僕が廊下に出ると、ヘンリー様にばったり会った。

「ハハハ、だいぶ疲れたみたいだな。エマたちから話を聞いたよ」

「はい。これまで買い物をしたことがなかったので、クラクラしてしまって……」

「私だって長時間の買い物は疲れるさ。まだ幼い君たちが疲れるのも無理はない」

話をしていると、執事がやってきた。

「ヘンリー様、騎士団長が『ゴブリンの件で報告がある』と。すでに応接室にお通ししています」

「分かった、すぐに会おう。起きたばかりで悪いが、アレク君も同席してもらっていいかい？」

僕はヘンリー様と一緒に応接室に向かう。

そこには騎士団長のガンドフさんと、冒険者のジンさん、レイナさんがいた。

なんでもカミラさんたちは他の人のもとへ連絡に向かったそうだ。

「結果から申しますと、複数のゴブリンの巣が確認されました。騎士団とギルドの共同チームで、ゴブリンの巣を破壊するため、明日にでも動きます」

「ふむ……ではガンドフ、ギルドと連携して対応にあたるように。ゴブリンが町に侵入しないように、防衛もしっかり行おう」

「かしこまりました」

やっぱりゴブリンの巣があったんだ。

なら、早く叩かないといけないだろう。

「いざという時は僕とリズも、教会で治療にあたります」

「二人の実力は信じてるぜ。困ったことになったら力を借りるからな」

僕の言葉に、ジンさんがニッコリと笑った。

前線に出る人は、できるだけ無理をしないでほしいなあ。

カミラさんに呼ばれてやってきたギルドマスターと司祭様とも話し合い、作戦開始は明朝と決まった。

ところが、事態はこちらの計画より早く動き出した。

◆　◇　◆

それは普段ならまだ夢の中にいる、夜更けのことだった。

「お兄ちゃん、アレクお兄ちゃんったら！」

一緒に寝ていたリズが、僕の体を揺らしてきた。

いつもなら僕が起こすのに……どうしたんだろう。

眠い目を擦りつつ、体を起こす。

「【探索】の魔法をしてほしいの。早く！　なんだかお外が変なの！」

「なんなの、リズってば……え？」

言われるままに【探索】を使った僕は、町の中にいる無数の魔物の反応を捉えた。

異変に気づいたのか、いつの間にかスラちゃんも起きている。

とりあえずお手洗いを済ませ、昨日買ってもらったばかりの冒険者の装い……フード付きのコートに着替えた僕たちは、慌てて廊下に飛び出した。

客室がある一階から二階へ駆け上がって、バルコニーに出る。そしてあたりを見渡した。

【探索】で捉えた反応は、確かに町中にいた。

「なんでゴブリンが町に入ってきているの……!?」

すぐに踵《きびす》を返し、リズと一緒にヘンリー様の寝室のドアを叩く。

「ヘンリー様、イザベラ様！　起きてください！」

「大変なの！　町が大変なの！」

少しして、寝間着姿のイザベラ様が部屋から出てきた。

「アレク君とリズちゃん……？　まだ夜中よ。こんな時間にどうしたの？」

「窓の外を見てください！　屋敷の周りに魔物がいるんです！」

「大変なの！」

「窓の外……？　えっ！　あなた、あなた！　今すぐ起きてください！」

寝室に引き返したイザベラ様がカーテンを開け、血相を変えた。

そして、ベッドで眠るヘンリー様の体を強く揺らす。

「うーん……イザベラとアレク君たち……？　どうしたんだ？」

「あなた、外を見てください！」

イザベラさんが窓を指差す。

「なんだ、そんなに慌てて……おや、私は寝ぼけているのか？　町中にゴブリンがいる……？」

ヘンリー様は屋敷の門に殺到《さっとう》するゴブリンが信じられなかったのか、目を瞬かせる。

「これは現実ですわ。屋敷の周りをゴブリンが取り囲んでいるのです！」

「なんだと!?」

イザベラ様に指摘されて、ようやく我に返ったようだ。

カンカンカン、カンカンカンカン！

直後、非常事態を知らせる鐘《かね》がホーエンハイムの町に鳴り響いた。

「お兄ちゃん、あれ！」

じっと窓の外を見ていたリズが、庭を指差す。

「あ、いけない！」

一部のゴブリンが門を壊し、屋敷の庭に侵入してきた。

「アレク君とリズちゃん、どこに行くの⁉」

「ゴブリンを倒してきます！」

僕とリズはまだ寝間着のままのイザベラ様を置いて、走り出した。

「駄目よ二人とも！　危ないわ！」

「リズは平気だもん！　とー！」

イザベラ様の制止を無視して、リズがバルコニーから飛び下りた。

スラちゃんが咄嗟《とっさ》に風魔法で落下の勢いを殺し、リズを安全に地面に下ろす。

僕も風魔法をクッションにして着地したけど……高さがあって結構怖かったぞ。

「やあー！」

リズが【ライトアロー】を放ちながら、スラちゃんと一緒にゴブリンに突っ込んでいく。

「リズ、一人で突っ走らないで！　えい！」

リズに注意しつつ、僕も【エアカッター】でゴブリンを倒す。

門のそばに、血を流して倒れている門兵が見えた。

「リズ、あの人を治療してあげて。その間は僕とスラちゃんでゴブリンを倒すから」

幸いにして庭に入り込んだゴブリンは十体くらいだったので、僕たち三人の敵ではない。

近くの敵をすべて倒すと、僕とスラちゃんは壊れた門の前に立って、今度は通りから屋敷に向かってくるゴブリンを迎え撃つ。

通りにはゴブリンと戦っている騎士もいるので、僕とスラちゃんは彼らに当てないよう注意しつつ魔法を放った。

「お兄ちゃん、治療が終わったよ！」

すぐにリズが合流してきたので、あっという間に倒しきることができた。

「ふう、これで全部かな？」

「少なくとも、この屋敷周辺は大丈夫だと思うけど……」

念のため【探索】をかけたけど、周りにゴブリンの反応はない。

戦闘終了を察して、スラちゃんがゴブリンの耳を切り落とし、残った体を吸収し始めた。

「二人とも怪我はないか⁉　イザベラに君たちが二階から飛び下りたと聞いた時は、肝を冷やしたぞ」

しばらくすると、ヘンリー様とイザベラ様が僕たちのところにやってきた。

屋敷のみんなを起こして回り、念のためエマさんたちを安全な場所に避難させていたみたい。

ヘンリー様は寝間着から着替え、腰に剣を下げている。

「リズちゃん、私たちを助けようとしてくれたのは嬉しいけど……一人で先に行ってしまっては危ないわ。もちろんアレク君もね」

「はーい、ごめんなさーい」

リズ、さてはあまり反省していないな？

遅れて屋敷の執事や使用人が走ってきて、慌ただしく動き始めた。

使用人が治療を終えた門兵を担架《たんか》に乗せて運んでいく。

怪我は治したけど、出血していたわけだし……安静にしてもらったほうがいいよね。

ゴブリンの処理を終えたスラちゃんが風魔法を駆使《くし》して、大量のゴブリンの耳を運んできた。

それを見て、ヘンリー様が眉をひそめる
「こんなにたくさんゴブリンがいたのか？」

「はい。でもなんだか変です。このお屋敷は門から遠いのに、ゴブリンが入り込んでくるなんて……」

ガチャガチャ、ガチャガチャ。

そんな話をしていると、遠くから鎧が擦れる音が聞こえてきた。

「辺境伯様、到着が遅くなり申し訳ありません」

傷一つない鎧を着た四人の騎士が、僕たちの前にやってくる。

「今回の件、原因は分かるか？」

「いいえ。目撃者によると、突然どこからともなくゴブリンが出現したようでして、詳しいことは調査中です」

ヘンリー様が騎士と話しているけど、なんだか様子がおかしい。

話している騎士も後ろに控えている三人も、剣を抜いたままだ。怪《あや》しいと思って【鑑定】をしてみたけど、なぜか情報が表示されない。

まさか……

そう思った瞬間、報告していた騎士、そして後ろにいた三人の騎士がヘンリー様に切りかかった。

僕は咄嗟に【魔法障壁】を展開し、彼らの剣を弾《はじ》く。

そしてスラちゃんと共に風魔法で突風を起こし、騎士たちを吹き飛ばした。

「ぐわぁ！」

リズも奇妙な騎士の様子に気づいていたみたい。イザベラ様の前に【魔法障壁】を展開し、両手を広げて構えていた。

「この者たちを拘束せよ！」

ヘンリー様が執事に指示をして、地面に叩きつけられ動けない騎士を捕まえる。

「アレク君。なぜ、こいつらが襲ってくると分かったんだ？」

「この人たちにはおかしなところがいくつかありました。まず、偉い人と話しているのに剣を鞘《さや》に収めなかったところ。非常事態で慌てているのかなとも考えましたが、そのわりには冷静そうだった……それに鎧が綺麗すぎます。通りにはたくさんのゴブリンがいたのに変です。もしかしたら屋敷の周りに隠れていて、混乱に乗じて騎士のふりをしたのかもって思ったんです」

僕の推理が当たっていたのだろう。偽騎士が顔をそらす。

「【鑑定】しても結果が表示されないので、絶対に怪しいです。リズは……勘で気づいたの？」

僕が尋ねると、リズは腰に手を当てて誇《ほこ》らしげにピースサインをした。

「ふむ……なんらかの手段で【鑑定】を無効化しているのか？　となると……突発的な犯行ではなく、何か企《たくら》みがあったに違いないな」

ヘンリー様が納得した表情を見せる。

ここで、通りでゴブリンを倒していた騎士がこちらに駆けつけてきた。

鎧を返り血で汚した彼は、剣を鞘にしまうと地面に跪《ひざまず》いた。

「領主様、遅くなってしまい申し訳ございません……おや？　こちらの騎士たちは？　見慣れぬ者ばかりですが……」

捕まえた騎士を見て、怪訝な顔をしている。

やっぱり、彼らはホーエンハイム辺境伯領の騎士ではないんだな。

「通りに現れたゴブリンの討伐、大儀《たいぎ》だった。この者らは混乱に乗じ、私たちを攻撃してきた偽騎士だ。幸い、アレク君たちが助けてくれたので怪我はなかったが……」

「なるほど……実はゴブリンが現れる少し前に、何者かによって殺された死体がいくつか見つかりました。どうやら被害者は我が騎士団所属の者らしく……皆、装備が強奪されていたのです」

「……となると、この偽騎士が関与している可能性が高いな」

「おそらくそうでしょう……現在の状況ですが、森から出てきた数十体のゴブリンたちが町の城壁に殺到しており、冒険者と騎士団で迎え撃っています。今のところそれほどの数ではないので、一時間もすれば片付くかと。町中に出現したゴブリンについては別の要因がありそうです」

騎士が真剣な顔で報告した。

「もしかしたら偽騎士に仲間がいるかもしれん。そちらの捜索《そうさく》も頼めるか？」

「かしこまりました」

ヘンリー様の指示を受け、騎士が城壁のほうへ向かっていく。

しばらくすると、別の騎士が駆けてきた。どうやらさっきの人から指示を受けて、偽騎士を連行しに来たみたい。

その間に、僕は凄く集中して広範囲の【探索】を行う。遠いからさすがに精度は落ちるけど、ざっくりとした数なら……って、しまった！

「ヘンリー様！　森のほうから五百体以上のゴブリンが近づいてきます！」

「なんだって？」

ズドーン、ズドーン！

僕が報告した途端、城壁のほうから大きな爆発音が聞こえてきた。

嫌な予感がする。

再び【探索】をしてみると、案の定、敵の反応が町に入り込んできている。

「城壁に何かあったみたいです。敵が侵入してきています！」

ヘンリー様もイザベラ様もリズも……この場にいる全員が固まった。

いや、何人か笑みを浮かべているやつらがいる。襲撃してきた偽騎士たちだ。

「ハハハ、仲間がうまくやったようだな！　大量のゴブリンに襲われて、この町は滅びるのだ！」

こうしている間にも、どんどんと敵が入ってきている……

「よーし！　スラちゃん、行くよー！」

「ちょっと、リズ！」

少し目を離した隙《すき》に、リズがスラちゃんを抱えて城壁のほうへ走り出してしまった。

「ごめんなさい。僕はリズと一緒に行きます！」

「アレク君、くれぐれも気をつけてくれ！　私も、他の者に指示を出したらすぐ追いかける」

朝日が昇《のぼ》って明るくなっていく町は、これから大きな山場を迎えそうだ。

僕はリズの後を追いかける。城壁に着くギリギリで、ようやく追いついた。

「リズ、さっきイザベラ様も言ったけど、一人で勝手に行かないで！」

「だって、大変なことになると思ったんだもん」

「もう……リズもスラちゃんも準備はいい？　頑張って町を守ろう！」

焼け焦《こ》げた臭いがする……さっきの爆発は城壁を壊すためのものだったらしい。

リズへのお説教はひとまず後回しにして、僕たちは魔力を溜めていく。

「ゴブリンをこれ以上侵入させるな！」

目の前では、冒険者や騎士団の人たちがなんとか敵の侵攻を止めようとしている。

ただ、住民の避難も手伝っているからか人員が足りず、数で押されてしまっているようだ。

戦っていた騎士が、こちらに気づく。

「その子ども、ここから逃げなさい！　何者かによって城壁が壊された。ここは危険だ！」

きっと僕たちがゴブリンに襲われてしまうと思ったのだろう。

でも、こちらは迎撃準備は万全だ。

「リズ、スラちゃん、目標はゴブリンだけ。騎士の人に魔法を当てちゃ駄目だからね」

「任せて、お兄ちゃん！　いくよ！」

リズとスラちゃんに声をかけて、僕は溜めた魔力を一気に解放した。

ズドン、ズドン、ズドン！

町になだれ込んできたゴブリン目掛けて、僕の【アースバレット】とリズの【ライトアロー】、スラちゃんの【エアカッター】が降り注ぐ。

僕たちはそのまま魔法を打ちながら、ゴブリンを城壁のほうへ後退させていく。

城壁の外へゴブリンを押し戻したところで、馬に乗ったヘンリー様が駆けてきた。

「二人とも、無事か！　……大丈夫そうだな。しかし、君たちは本当に桁外《けたはず》れの魔法使いだな……」

馬上でスラリと剣を抜き、真剣な顔で騎士に命令を出す。

「我々には小さな魔法使いの応援がある！　このまま町を守りつつ、怪我人を救い出せ！」

ゴブリンの侵入を防ぐため、みんなで戦うけど……

「お兄ちゃん、なんだかゴブリンが強いよ……！」

「うん、それに大きなゴブリンがちらほらいる」

森の中で出会ったゴブリンより、間違いなく手ごわい。

「アレクとリズか……！　よく来てくれたな」

「あなたたちが手伝ってくれていたのね」

必死に戦っていたら、ジンさんとレイナさんが声をかけてきた。

ゴブリンを倒しながら、こちらに近づいてきたみたい。

「ジンさん、なんだかゴブリンが強いんです。こんなことってあるんですか？」

「あそこのゴブリンキングが見えるか？　あいつのせいでゴブリンがパワーアップしてるんだよ」

ジンさんが剣で示した方角に、凄く大きいゴブリンがいる。

なんだか周りのゴブリンを指揮しているように見えるぞ。

「じゃあ、あれを倒せばいいんですね」

「でも、周りにいるゴブリンが邪魔だよ？」

リズの疑問に、ジンさんとレイナさんが答えてくれる。

「他の大きい個体はゴブリンの進化系、ゴブリンロードだ」

「ゴブリンキングが、群れ全体を強化しているの。そして、ゴブリンロードが自らを盾《たて》にして、キングを守っているんだわ」

そうなんだ……ひとまず、僕たちはゴブリンの数を減らすのに集中することにした。

爆発音が聞こえてから、二時間ほどが経った。

日が高くなっていくのに、まだ戦闘が終わらない。

それでも、頑張った甲斐《かい》あって、ゴブリンの数がかなり減ってきた。

【探索】に引っかかったのは五百体だったけど、後からその倍くらいやってきたんじゃないかな。

「ゴブリンキングの取り巻きも少なくなってきたな」

「ここで一気に押し込まないと！」

ジンさんとレイナさんの表情が明るい。

一方で、ゴブリンキングは焦ってきたようだ。

「グオーッ！」

手に持っている大きな斧《おの》を振り回し、騎士や冒険者たちを吹き飛ばしていく。

「やあ！」

「えーい！」

僕とリズがゴブリンキングを牽制《けんせい》すると、すかさずジンさんが指示を出した。

「今のうちに怪我人を救出しろ！　クソッ、暴れられると近づけん。負傷者が増える一方だ」

「遠距離から高火力で狙撃するか、魔法で狙うしかないと思うわ」

いつの間にか近くに来ていたカミラさんが、ジンさんとレイナさんに身体能力を底上げする【身体強化】をかける。

「アレク君、リズちゃん。以前見せてくれた【合体魔法】は撃てるかしら？」

「大丈夫です」

「いけるよ！」

「よしっ、それでゴブリンキングを仕留めましょう！」

カミラさんの提案で、僕とリズの【合体魔法】を使うことになった。

「私とジン、カミラたち魔法使いで足止めをするわ。スラちゃんも手伝ってくれる？」

スラちゃんがやる気満々な様子でふるふると震え、レイナさんのお願いに応じた。

「三十秒あれば準備できます！」

「よし、俺たちでゴブリンキングの足止めをするぞ！」

魔力を溜めるのに必要な時間をジンさんに伝えると、一斉にみんなが動き出した。

まず、スラちゃんとカミラさんたちが風魔法や火魔法を放ち、周囲のゴブリンとゴブリンロードを倒す。

「オラオラッ！　そんなに大振りな攻撃、当たらないぞ！」

「グオガアアアー！」

次にジンさんがゴブリンキングの注意を引いた。

隙を突いてレイナさんがキングの足の腱《けん》を斬る。

「お兄ちゃん、準備ＯＫだよ！」

僕もリズも、十分に魔力が溜まった。これで一気に決着をつけるぞ。

「皆さん、いきます！」

僕が叫ぶと、ジンさんたちが素早く飛びのいた。

「「えーい！」」

僕とリズは手を繋ぎ、ゴブリンキングに向けて魔力のビームを放った。

「グオオオオオーー！」

ゴブリンキングは腕をクロスしてなんとか防御しようとしたけど……僕たちの【合体魔法】が腕ごと吹き飛ばす。

ゴブリンキングの胸に穴が開き、ドシーンッと大きな音を立てて倒れた。

幸い、騎士団長のガンドフさんが住民を誘導してくれていたようで、巻き込まれた人はいないみたい。

ゴブリンキングが倒れたことで、他のゴブリンが動揺《どうよう》し出す。

「今が好機だ！　畳《たた》み掛けるぞ！」

「次は俺たちがちびっ子にいいところを見せる番だぜ！」

「「「おー！」」」

ガンドフさんとジンさんの掛け声で、騎士と冒険者が突っ込んでいく。

指揮官を失ったゴブリンの群れが、為《な》す術《すべ》なく倒されていった。

「ここはみんなに任せよう。さっき教会から治癒師が来ていたから、そっちを手伝わないと」

「そうだね、怪我した人を治してあげないとだもん！」

風魔法しか使えないスラちゃんは、現場に残って戦闘を手伝うみたいだ。

僕とリズはこの場をジンさんたちに頼み、怪我人がいるところに向かう。

臨時で設けられた救護スペースでは、教会の人や住人が治療に追われていた。

「ヘンドリクスさん！　遅くなりました！」

「ごめんなさい！　今からリズ、頑張るの！」

治癒師を指揮しているヘンドリクスさんのところには、重傷を負った人たちが集められていた。

時折うめき声が聞こえてくる。

「アレク君とリズちゃんか！　二人は前線で戦っていたのじゃから、休んでおりなさい！」

「いえ、まだまだ手伝えます！」

「怪我した人を治すよ！」

ヘンドリクスさんの忠告にそう返し、僕とリズは治療を始めた。

次々と運ばれてくる怪我人に声をかける。

「大丈夫ですか？　すぐに治しますからね」

「うう……坊主、ありがとうな」

「もう痛くない？　おばあちゃん、平気？」

「よくなったよ……ありがとうね、お嬢ちゃん。こんなに小さいのに偉いねえ」

重傷者の治療が一段落したところで、とうとうリズの魔力が尽きてしまった。

「きゅー……」

倒れ込むリズを咄嗟に支えたけど、僕も限界だ。

「すみません、僕も……もう……」

かろうじてヘンドリクスさんに謝り、僕は意識を手放した。


「お兄ちゃん、アレクお兄ちゃん！」

リズの声が聞こえてくる。

僕はゆっくり目を開けた。寝ていた体を起こし、あたりを見回す。

確か、通り沿いの救護スペースで倒れたはずだけど……ここはヘンリー様のお屋敷の客室だ。

僕はベッドの上にいて、服装も、いつの間にか寝間着に変わっている。

誰かが僕とリズをお屋敷に運んで、着替えさせてくれたのかな。

「リズ、体調は大丈夫？」

「まだ駄目駄目だよ……でも、お腹が空いちゃった」

グーッ。

おっと、僕もお腹が鳴っちゃった。

そういえば、夜更けに起きた時から何も食べていない……っていうか、今って何時なんだろう？

「食堂に行ってみようか」

「うん。スラちゃんは城壁のほうにいるのかな？」

「それも聞いてみよう」

僕とリズは部屋を出て、手を繋ぎながら歩いていく。

「あら、もう起きたの⁉　どこか具合の悪いところはない？」

食堂に行く途中で、イザベラ様と鉢合《はちあ》わせした。

屈《かが》んだイザベラ様が、僕とリズの体をペタペタと触ってくる。

「はい。体はダルいけど、歩けるくらいには回復しました」

「疲れているけど、お腹も空いたの」

グー、グー。

「あら、お腹の虫が合唱しているわね。何か用意させましょう」

イザベラ様に手を引かれて食堂に入る。

席に座った僕たちの前に、すぐに軽食が並んだ。

「おー！　ベリーパイだ！」

甘いものに目がないリズがはしゃいでいる。

「疲れた体には甘いものがいいし、もう少ししたら夕食になりますからね」

どうやら僕たちは夕方まで寝ていたみたい。

ひとまず軽いものをということで、ジャムが入った甘い紅茶とベリーがたくさん入ったパイをいただく。

甘酸っぱいベリーが、疲れた体に染《し》み渡る……。

僕たちがおやつを食べ終わった頃、執事がイザベラ様を呼びに来た。

「奥様、冒険者のジン様がお見えになっております。『アレク様とリズ様の従魔をお連れした』とのことですが……」

「スラちゃんだ！」

リズが嬉しそうに叫んだ。

あの後、現場がどうなったかも聞いてみよう。

僕たちとイザベラ様は一緒に応接室に向かった。


応接室ではジンさんとスラちゃんが待っていた。

「――それでね、お腹が空いちゃったから、リズは起きたの」

「ははっ、そりゃあれだけ魔法を放てば腹も減るだろうな。気持ちは分かるよ」

リズの話を聞いて、ジンさんが大きく口を開けて笑った。

テーブルの上には空のお皿とコップがある。

ジンさんとスラちゃんも僕たち同様、パイを食べたみたいだ。

「スラちゃんを連れてきてくれて、ありがとうございました」

「俺たちのほうこそ、ゴブリンの後処理が楽で助かったよ。お前たちが倒したゴブリンの耳はスラちゃんが回収してたから、後で受け取るといい」

さすがはスラちゃん。スライムなのにとっても頭がいい。

「そういえば、城壁は？　なんだか爆破されていたみたいでしたが……」

「すでに工兵が復旧作業に当たっている。急ごしらえだが、当面は見張りの騎士も増えるから心配するな」

「よかった。それなら町の人も安心ですね」

ジンさんはこの後ギルドで会議があるそうで、早めに話を切り上げて帰っていった。


日が落ちた頃、ヘンリー様が帰ってきて、一緒に夕食を食べることになった。

「今日は、二人がいて本当に助かったよ」

「どんな活躍だったの？」

「聞きたいです！」

ヘンリー様が切り出すと、エマさんとオリビアさんがすぐに食いついた。

というのも、この二人、襲撃時は屋敷の中に避難していたため、外の様子を知らないのだ。

ジンさんが帰った後、僕とリズは再び眠ってしまったため、今の今まで会えなかった。

「この二人は我が領に紛《まぎ》れ込んだ襲撃犯を見抜き、何百体ものゴブリンやゴブリンキングを倒して、町を守ったんだ。しかも、その後で怪我人の治療までしたんだぞ」

「だから魔力切れで寝ちゃっていたんですね。凄いです！」

「アレク君もリズちゃんもかっこいいー！」

オリビアさんとエマさんに褒められて、リズとスラちゃんが照れている。

「これは住民の間でも語り継がれますわね」

イザベラ様が頭を撫でてくれたので、僕もなんだか恥ずかしくなってきた。

リズは褒められたことがよっぽど嬉しかったのか、エマさんとオリビアさんにどんな戦いだったか熱心に語っている。

「アレク君、ギルドマスターが『明日ギルドに顔を出してくれ』と言っていたぞ。私とイザベラはしばらく忙しくなってしまうから、送ってやれなくてな……気をつけていくんだよ」

夕食の終わりに、ヘンリー様に言われた。

一体どんな話があるんだろう？

◆◇◆

「「行ってきまーす！」」

翌朝、僕たちはギルドに行くために屋敷を出た。

あっ、屋敷の門の前に昨日リズが治療した門兵が立っている。怪我の具合を聞いてみよう。

「おはようございます、傷はもう大丈夫ですか？」

「ええ。すぐに治療していただいたおかげで、もう平気です。本当にありがとうございました。気をつけて行ってらっしゃい」

門兵の青年に見送られて、僕とリズは手を繋ぎながら通りを進む。

ちなみにスラちゃんも一緒だ。今はリズの頭の上でゆらゆらしている。

「お、昨日の二人じゃないか！　怪我を治してくれてありがとよ！」

「小さいのに凄い活躍だったんでしょ？　これからも頑張ってね！」

町を歩いていると、いろいろな人から声をかけられた。中には僕たちにお菓子をくれる人もいる。

そんな人々に手を振っているうちに、ギルドに到着。

僕たちが入ると周囲の人が一斉に振り向いた。たくさんの視線を浴びて、ビックリしてしまう。

「おーおー、一躍有名になったたな」

「今や『小さな魔法使い』の二つ名を知らない人はいないわ」

僕とリズが固まっていると、ジンさんとレイナさんが寄ってきた。

どうやら昨日の活躍が、現場にいた冒険者を通じて他の人へ広まったらしい。

ギルドに所属している冒険者の中で、僕とリズほど小さい子どもは少ない。だから余計に目立つのだろう。

「カミラたちは森の再調査に行っていてな。今はいないんだ」

「ひとまず私たちがアレク君の保護者代わりよ。ギルドマスターと話をしに行きましょう」

ということで僕とリズはレイナさんに手を引かれながら、執務室に向かった。

「おお、二人とも来たか。体の調子はどうだ？」

「大丈夫です。一晩寝たらよくなりました」

「元気いっぱいだよ！」

「そりゃよかった」

執務室に入ると、すでにギルドマスターのベイルさんが待っていた。

体調を気遣ってくれるあたり、魔力切れで気絶してしまったことも知っているみたいだ。

ベイルさんがリズに注意する。

「昨日は助かったが、リズはあまり突っ走らないほうがいい。兄貴が心配するからな？」

「はーい」

返事を聞いて苦笑いをしているので、またやらかすと思っていそうだ。

「さて、昨日はジンたちもご苦労だったな。おかげで住民の被害は比較的少なくて済んだ。襲撃になんらかの形で関与したと思《おぼ》しき偽騎士については、現在尋問中だ」

「どう考えても怪しいよな。何者かが城壁を爆破するのと、ゴブリンの襲撃のタイミングが揃うことなんて、普通ないだろ」

僕もジンさんと同じ意見だ。城壁が壊される前から、ヘンリー様の屋敷の前にはゴブリンがいた。

最初に町に入ってきたゴブリンたちは、どこかから連れてこられた可能性が高い。

「カミラたちの調査が終わるまで、森での冒険者活動は中止だ。昨日の襲撃で薬草の在庫が減ったから補充したかったが、安全には代えられない」

僕たちのような初心者冒険者がよく受ける依頼の一つが薬草採取だ。

ただ、安全が確認されるまでは森に入れないみたい。

「依頼掲示板には町中の依頼を多めに載せるから、初心者にはそちらを受けてもらう予定だ」

冒険者になったばかりの人は日銭《ひぜに》を稼ぐので精いっぱいだから、依頼がないとすぐに生活が困《こん》窮《きゅう》してしまうんだって。

これはギルドとしての救済措置なのだろう。

「ちなみに今日アレクとリズを呼んだのは、二人に指名依頼が入ったからだ」

「指名依頼？」

僕が怪訝な顔をしたら、ジンさんが説明してくれた。

なんでも、依頼主のほうから担当してもらう冒険者を指定する制度だそうだ。

「ああ。教会からの依頼でな……昨日の戦闘で怪我人が出ただろう？　彼らは今、教会に併設された治療院《ちりょういん》にいるんだ。『回復魔法を使って、彼らを治す手伝いをしてほしい』とのことでな」

「分かりました。任せてください！」

僕たち、昨日は手伝いの途中で力尽きちゃったからな。

せっかくの指名依頼だし頑張ろう。

「ジンとレイナは、これからカミラたちと合流してくれ。アレクたちには教会から迎えを呼ぶ。二人とも、まだ教会の場所を知らないだろう？」

「はい、ジンさんたちも頑張ってください」

「おう。任せとけ！」

「アレク君とリズちゃんも頑張ってね」

執務室を出た僕とリズは依頼の手続きをするために、受付へ向かう。

「ギルドカードを出してね」

受付のお姉さんの指示で魔法袋を探った僕は、ふと思い出す。

ついでに、初心者講座でカミラさんが言っていた、勉強用の辞典を買っておこう。

ギルドカードを渡しながら尋ねる。

「すみません、魔物と薬草のことが載っている本って買えますか？」

「うん、大丈夫よ。魔物辞典と薬草辞典ね」

「それを二冊ずつください。お金は僕が払います」

そんなに高価じゃなかったから、リズの分もまとめて買っておいた。

時間がある時に読んで、薬草採取時に【鑑定】に頼らなくてもいいようにしよう。

本の購入が終わり、依頼の手続きをしたギルドカードを返してもらう。

「アレク様、リズ様、お待たせしました」

ちょうどその時、教会からのお迎え……修道服を着た若いシスターがやってきた。

僕とリズが挨拶をする。

「よろしくお願いします」

「お願いします」

「こちらこそよろしくお願いします。小さいのにすっごくしっかり者なんですね。噂通りだわ」

リズは頭を撫でてもらってご満悦《まんえつ》だ。

そのままシスターに連れられて、ギルドを出発する。

「シスター、教会って遠いんですか？」

「いいえ、それほど遠くはありませんよ。ここから十分くらいですから……でも、アレク様とリズ様はまだ小さいので、もう少しかかるかもしれませんね」

ヘンリー様の屋敷に向かう道とは、別の道を進むみたい。

住宅街の中の通りを歩いていく。

リズもスラちゃんを抱きながら、あたりをキョロキョロと見回していた。

「あ！　お兄ちゃん、見えてきたよ」

「本当だね、大きいな……」

みんなで歩いていると、だんだんと大きな建物が見えてきた。

「まずは司祭様にご挨拶しましょう。その後、治療院へ向かいます」

シスターの先導で教会の中に入る。それにしても、この教会は凄い豪華だ。窓にはステンドグラスが使用されていて、祭壇《さいだん》のそばには大きな神像が飾《かざ》ってある。

日が差し込むとキラキラと光り、神秘的な雰囲気だ。

すぐに司祭様……ヘンドリクスさんが迎えてくれた。

「アレク君、リズちゃん、よく来てくれたのう。魔力切れになるまで治療にあたってくれて感謝するぞ。連日となり申し訳ないが、よろしく頼む」

「こちらこそ、よろしくお願いします」

ヘンドリクス様と挨拶をし、僕たちは治療院に向かった。

「こちらが治療院になります」

そこにはたくさんのベッドが並んでおり、怪我人が寝かされていた。

昨日の一件で患者が増えたのだろう。

シスターや治癒師たちが忙《せわ》しなく動いているけど、人手が足りないようだ。

「まずは怪我した人を治療します……病気の方も治していいですか？」

「ええ、ぜひ」

怪我人には騎士や冒険者が多いので、一刻も早く現場復帰できるようにしないと。

僕とリズは、手分けして重傷者から治療を始めた。

やっぱり回復魔法はリズのほうが上手だな。僕には治せない重傷者もすいすい治している。

その後シスターたちが用意してくれた昼食をありがたくいただき、少しお昼寝をして休んでから午後の治療に臨む。

回復魔法が使えないスラちゃんは、僕たちの様子をしばらく見た後、シスターの作業を手伝いに行った。どうやら包帯の汚れだけ吸収し、綺麗にしているみたいだ。

「すみません、今日はここまででもいいですか？」

夕方になるとさすがに魔力が減り、少しクラクラしてきた。

続きは明日にしたいとお願いすると、シスターがニコニコと頷く。

「もちろんです！　こんなにたくさんの人を治療していただき、感謝します」

残っているのは軽傷者がほとんどなので、明日はそんなに時間はかからないはず。

ヘンドリクス様は出かけているそうなので、そのまま屋敷に帰ることにした。

「ただいま戻りました」

「ただいま！」

「おかえり、アレク君、リズちゃん！」

「お風呂の準備ができているから、夕食前に一緒に入りましょう！」

屋敷に戻ると、エマさんとオリビアさんが待ち構えていた。

早速浴室に移動する。

「アレク君、今日は何をしたの？」

僕の髪を洗いながら、エマさんが尋ねてきた。

「今日は怪我人の治療をしました。明日も続きをやるんです」

「それなら怪我の心配もないし安心ですね」

リズと一緒に湯船に浸かったオリビアさんが頷いている。

心配症だなぁと思ったけど、こうして気遣われて悪い気はしない。

お風呂から出たら、すっかり夕食の準備ができていた。

「今日はお父様は帰ってくるのが遅いので、先に夕食にしましょう」

僕たちは子どもなのでヘンリー様の仕事のお手伝いはできないよね……

そんなことを思っていたら、イザベラ様から声がかかる。

「アレク君とリズちゃんは、明後日は何か予定があるかしら？　安息日だから教会へ礼拝に行くのだけれど、一緒にどう？　エマとオリビアも行くわよ」

「行ってみたいです！」

僕が答えたら、エマさんとオリビアさんが手を叩いて喜ぶ……あれ？

「よかったわ。礼拝が済んだら、娘たちとも一緒にまたお買い物をしましょうね！」

もしかして、買い物のほうがメイン……？

着せ替え人形にされる予感に身を震わせたけど、はしゃいでいるイザベラ様たちを見ていると、何も言えなかった。

◆◇◆

翌日。リズとスラちゃんと一緒に教会の治療院に向かった。

シスターに挨拶をして、早速治療に取りかかる。

ヘンドリクスさんは昨日の午後に出かけてまだ戻らないらしい。なんでも、定期的に地方の教会を巡回しているそうだ。

「調子はどうですか？」

「かなりよくなったわ、ありがとうね」

今日治療する人は軽傷者が多いので、お喋りをする余裕がある。

中には僕たちとゴブリンの戦いを見ていた人もいて、褒めてくれた。

スラちゃんの活躍も知られているようで、リズと揃ってとても得意げだ。

治療を続けていくと、お昼前にはほぼすべての治療が完了した。

昼食時に、シスターがお菓子を出してくれた。

「実は昨日治療を受けた方から、二人へのお礼としてお菓子を預かっていたんです」

「わー！　いっぱいだ！」

リズは大喜びだけど、とても僕たちだけで食べ切れる量じゃないぞ。

「シスター、この教会って親がいない子を預かっていませんか？」

「はい、孤児院がありますが……それがどうかされましたか？」

「このお菓子を分けてあげてほしくて……リズ、みんなで食べることにしてもいい？」

「うん！　そのほうがおいしいもんね！」

「まあ、ありがとうございます。子どもたちも喜ぶと思いますわ」

みんな喜んでくれればいいな。

少しお昼寝をして魔力を回復させた後は、もともと病気のためここに入院していた人の治療を行うことにした。

病気の治療は初めてだけど……今のところうまくいっている。

「二人とも、ありがとうね。すっかりよくなったよ」

病気の人は年配の方が多い。

僕たちを孫みたいに感じているのか、治療を終えるとよく声をかけられた。

こうして順調に進んでいったのだが……一人だけ、どうしても治せない人がいた。

かなり年配の女性で顔色がかなり悪い。眠っているみたいだけど、呼吸は荒々《あらあら》しく、苦しそうだ。

そのうえ原因が病気か怪我かは分からないけど、右足の膝《ひざ》から下が欠損していた。

「お兄ちゃん、どうしても治らないよ……」

服の裾《すそ》をギュッと握り、リズが半べそをかいていた。

スラちゃんも心配みたいで、周りをぴょんぴょん跳ねている。

「ごめんね、二人とも。この人はもう……」

シスターが目を伏《ふ》せて、首を横に振った。

おばあさん、助けてあげたいな。僕たちにできることは……

「うーん……リズ、【合体魔法】を使ってみようか」

今まで魔力をそのまま放つ【合体魔法】しか試したことがなかった。

以前カミラさんたちが【魔法障壁】を張っていた時のように、複数人で一つの魔法をかけたらもっと効果が出せるかも。

「やる！　やってみる！」

リズも乗り気だし、試す価値はありそうだ。

「お兄ちゃん、準備はＯＫだよ！」

「よし、やってみよう！」

手を繋ぎ、意識を集中させる。そして、おばあさんに向かって回復魔法をかけた。

キラーンッと魔法陣が輝き、あたりが光に包まれる。

手応えはあるけど……果たして結果はどうだろう。

光が収まるや否《いな》や、リズが叫んだ。

「おー！　治った！」

スラちゃんと一緒になって跳びはねている。

「今まで誰も治せなかったのに……⁉　奇跡《きせき》だわ……！」

シスターが信じられないという顔をしているけど、僕もかなりビックリしている。

おばあさんの顔色はよくなっていて、呼吸も安定しているみたいだ。

ただ、それ以上にとんでもない効果が出てる……

「足が……そんな、足が生えているですって……⁉」

震えながら、シスターが呟いた。

そう、失われたはずのおばあさんの右足がなぜか生えていた。

いくら魔法とはいえ、そんなことってあり得るの？

「……シスター、他に治療が必要な人はいますか？」

とりあえず、帰ろう。今考えても答えは出ないだろうから。

「い、いえ。この方で終わりです」

「依頼完了のサインをもらってもいいですか？」

「はい、すぐに！」

シスターは動揺していたけど、僕が頼むとしっかりサインを書いてくれた。

「ばいばーい！」

治療院を出て、元気いっぱいなリズと共にギルドへ向かう。

シスターの反応を見るに、僕たちはとんでもないことをしてしまったみたいだ。

「おばあちゃん、治ってよかったね」

リズはまだ自分が何をしたのかわかっていないようだ。兄貴分として、僕が面倒を見てあげないと。

そんなことを考えていたら、あっという間にギルドに到着。

周りからたくさん視線を浴びながら、受付のお姉さんへ報告に行く。

「うん、完了ね。報酬や実績はまた半分ずつでいい？」

「はい、お願いします。僕たち二人で受ける依頼は、これからも半分こにしたいです」

「しっかり者のお兄ちゃんね。これが報酬よ。この前のゴブリン討伐の報酬は、もう少し待っていてね。参加した冒険者が多かったから、計算に時間がかかっているの」

申し訳なさそうなお姉さんに、僕は首を横に振る。

「平気です。僕たち、お金がたくさんほしいわけじゃないので」

「ありがとうね。明後日には森の調査が終わるから、薬草採取の依頼も再開するはずよ」

「分かりました。これからは、講座を受けながら依頼をこなしていきます」

薬草採取とか町の依頼で、コツコツと経験を積んだほうがいいよね。

「そういえば、帰りに教会に寄ったら『アレク君たちは天才だ』とか『天使の生まれ変わりだ』とか称賛されたんだが……何をしたんだ？」

夕食の時に、ヘンリー様からド直球な質問が飛んできた。

「ぶふっ」

僕は思わず水を噴《ふ》き出した。

「えっとね、具合の悪かったおばあちゃんの治療をしたの」

「そうか、それはいいことをしたね」

「お兄ちゃんと一緒に治療したらね、なくなっていた足も生えたんだよ！」

あ、なんて伝えようか迷っていたら、リズが素直に答えちゃった。

ヘンリー様とイザベラ様が固まる。

「アレク君、どういうことかな？」

「実は一緒に回復魔法を……【合体魔法】で試したら、すっごく効果が出て……」

素直にすべてを話すと、ヘンリー様はなんとか受け止めてくれたみたい。

聞いてみたところ、やっぱりこんな事例はないそうだ。

「リズちゃん、このことは他人には話してはいけないよ。お兄ちゃんと、私たちだけの秘密だ」

「うん！」

リズは約束を守る子なので、言いふらしたりはしないはず。

当面、【合体魔法】は非常事態だけ使うようにしよう。

◆
◇
◆

次の日。

今日は安息日。教会で行われる礼拝に参加するため、イザベラ様に聞きながら支度をする。

「どんな服装で行けばいいですか？」

「あまり着飾らなくて大丈夫よ。私たちも気取らない格好で行くから」

せっかくなので、この間購入した新しい服を着ていくことにした。

いつも着ている冒険者の装いよりも、ラフな普段着だ。

ちなみにヘンリー様は今日も仕事らしい。襲撃事件の全貌《ぜんぼう》を掴《つか》む正念場だそうだ。

みんなで馬車に乗って、道を進んでいく。

リズはスラちゃんを頭に乗せ、窓から見える景色に夢中になっていた。

「さあ、教会に入りましょう」

あっという間に目的地に着き、イザベラ様の掛け声でみんなが馬車から降りていく。

すでに、教会にはたくさんの人が集まっていた。

イザベラ様とエマさんたちと共に教会に入ると、なぜか周りがざわつく。

「あっ、あの子たちが『小さな魔法使い』かな？」

「イザベラ様たちもいるし、間違いないだろ。スライムも一緒だ」

「治療院で怪我人を何人も治したらしいよ。さすが『双翼《そうよく》の天使《てんし》』！」

「ゴブリン事件の時は、町を守るために戦って、気絶するまで人の治療していたんだろ？　偉いよなあ」

みんな、僕とリズのことを噂しているみたい。

おまけに『双翼の天使』とかいう知らない二つ名が増えているんですけど。

最前列に座った僕たちの背中に、たくさんの視線が突き刺さってる気がする……

「皆、よく集まってくれたのう。それでは、安息日の礼拝を始めよう」

少しすると司祭のヘンドリクスさんが出てきた。

異世界だからといって特殊《とくしゅ》な様式ではないみたい。

神様に祈りを捧げ、ヘンドリクスさんの説教を聞いて終わりだ。

なので、時間としては一時間ほどだった。

意外と説教が面白くて、リズとスラちゃんも目を輝かせて聞き入っていた。

礼拝が終わった後、ヘンドリクスさんが僕たちを別室に呼んだ。

「儂がいない間の活躍を聞きましたぞ。二人の活躍ぶりは、誰もが興味を惹《ひ》かれるものですからなぁ。みんな気になるのでしょう。他の参加者が帰るまで、ここで待つとよろしい」

興味津々の眼差しで見られるのは居心地が悪いけど、町の人たち、悪気はないみたいだしなぁ。

「幼い二人に頼むのは申し訳ないが、これからも定期的に治療院を手伝ってもらえんか？　もちろん、ギルドを通して正式な依頼を出しますぞ」

「もちろんです！　できる限り頑張ります。僕も人の役に立てるのは嬉しいし……でも報酬はいりません」

「そうもいくまい。実はうちの教会に、『双翼の天使』宛《あて》の寄付金が届いているのじゃ。二人の活躍を見て、どうも教会所属の治癒師だと勘違いしている人がおるようでな。報酬はそこから支払うので心配しないでよいぞ」

うーん……そういう理由なら……

「分かりました。ありがたくもらいます。その代わり、僕たちからも教会に寄付をさせてください」

「孤児院の人に使ってもらえるといいな！」

リズも賛成してくれたし、困っている人のために役立ててほしい。

頼れる家族がいないつらさは、僕にもよく分かるし。

「気を遣わせて申し訳ないのう。君たちは、本当に年齢以上に賢い。ありがたく受け取ろう」

ということで、定期的に教会に寄付することで合意した。

他の礼拝参加者が帰ったので、僕たちも移動する。

「アレク君たちって本当におりこうさんだね」

「私、町を守るために戦うなんてできないかもしれません。きっと特別なんですね」

買い物に向かう馬車の中で、エマさんとオリビアさんが話しかけてきた。

「うーん。でも、リズは特別じゃないほうがいいな。みんなと一緒がいいもん」

「そっか！　リズちゃんはリズちゃんだもんね」

「私たちも、リズちゃんと一緒がいいです」

リズの言葉に、二人が頷いている。

僕も特別扱いは嫌だし、普通に接してほしいなあ。

「エマもオリビアも、アレク君とリズちゃんがいくら凄くても今まで通り接するのが一番よ」

イザベラ様が話をまとめてくれた。

「さて、みんなでお買い物を楽しみましょう！」

ちょうど、馬車がお店に到着する。

エマさんとオリビアさんに手を引かれて、服屋に入った。

今回の買い物はお昼前に終わったのだけど……相変わらずの着せ替え人形役に、僕もリズも疲労困憊だ。

昼食を食べ終えると、ベッドに潜り込み、夕方までお昼寝してしまったのだった。

◆◇◆

翌日。

「今日は二人ともギルドに行くのかい？」

「はい、講座を受けようと思います」

安息日も終わったのでギルドに行ってみようと思ったら、ヘンリー様から声をかけられた。

「二つ連絡がある。一つ目は、明日から三日間、カミラたちが魔法の訓練をしてくれるそうだ」

カミラさんたち、優秀な魔法使いなのにスケジュールを空けてくれたんだ。

「分かりました！　楽しみにしてます」

「頑張るぞ、おー！」

リズもスラちゃんもやる気満々だ。

「二つ目は、この間のゴブリン襲撃事件絡みだ。来週、報告のために王都へ行くのだが、アレク君とリズちゃんも一緒に来てほしいんだ」

「僕たちもですか？」

「ああ、ゴブリンキングを倒したことについて、国から報奨金《ほうしょうきん》が出る」

「皆さんの力があったから倒せたのに……僕たちだけいいんですか？」

「もちろんさ。ジンをはじめとする冒険者たちの推薦《すいせん》だからな。胸を張っていい」

ギルドに行ったら、ジンさんたちに改めてお礼をしないと。

ヘンリー様がこっそり目配せしてくる。

ああ、そうか。王都に行くってことは、僕たちの扱いについて結論が出たのかもしれない。

話が終わり、リズとスラちゃんとギルドへ向かう。

冒険者たちの好奇の視線はだいぶマシになった。

受付に着くと、窓口のお姉さんが話しかけてくる。

「アレク君、薬草採取の依頼が再開するから、それに関連した講座が開かれるんだけど……二人も受けてみない？」

「はい、ぜひお願いします」

「この間の戦闘で、治療に使った薬草の在庫が減ったからね。ギルドとしても積極的に採取依頼を受けてほしいの。講座は一時間くらいで、その後は薬草採取の実技に移る予定よ」

「そうなんですね。それなら、薬草採取まで続けてやります」

今日はもともと講座を受講する予定だったから、タイミングがよかった。

そういえば、冒険者ギルドって他にどんな依頼が出ているんだろう。

講座が始まるのは三十分後とのことだったので、初めて依頼掲示板を見に行ったのだけど……ここで大問題が発生した。

「……見えないね」

「見えないよー！　スラちゃん、代わりに読んで！」

そう、僕たちの背が小さくて掲示板まで届かないのだ。

掲示板から離れれば、かろうじて内容は読めるけど……

「依頼掲示板の上部には、難易度が高い討伐依頼が貼《は》ってある。お前らはまだ小さいんだから、大きな依頼は受けるなってことだよ」

「そうね。しばらくは、採取依頼のようなものをコツコツこなしてね」

「ジンさん、レイナさん！」

僕は納得したけど、リズとスラちゃんは少々不満げだ。

「うー……リズはもっと魔物と戦いたい！」

「リズ、お前なぁ……俺の話を聞いていなかったのか？」

「今はまだ小さいんだから、勉強したり遊んだりしていいのよ。働くのは大人になってからで十分」

「むー！」

ジンさんとレイナさんに窘められてもまだ諦めきれないようだ。スラちゃんも体をふるふると揺らして抗議している。

「そういえば、ヘンリー様からゴブリンキングの件を聞きました。みんなで倒したのに、僕たちにだけ報酬が出るなんて……なんだか悪いです」

「お前らがいなければ全滅の可能性だってあったんだ。だから気にするなって」

「そうね。だから素直に報奨金を受け取ってちょうだい。王家の人たちによろしくね」

口々に言うジンさんとレイナさんは、なんだかほっとしているみたいだ。

ひょっとしてなんだけど、王都に行くのが面倒臭いだけなんじゃ……？

『薬草採取の講座を受ける方は、受付に集まってください』

講座の時間が近づき、ギルド内にアナウンスが流れた。

「ほら、行ってきな」

「頑張ってね」

受付に何人か集まっていくので、ジンさんたちと別れて向かう。

「では、これから部屋に移動します。忘れ物のないようにね」

ギルドのお姉さんが僕たちを先導する。

この前初心者講座を受けた、教室っぽいあの部屋だ。

今回参加する人は、僕たちくらいの子どもや女性がほとんどみたい。

しばらくすると、一人のおじさんが入ってきた。

「はい、では講座を始めよう。まず薬草のサンプルを受け取ってくれ」

参加者一人一人に薬草のサンプルが配られた。【鑑定】すると、そのまま《薬草》と表示された。

……って、【鑑定】に頼らないようにしたいと思っていたんだっけ。薬草辞典も準備しよう。

「見た目はなんてことのない普通の草だ。あまり日当たりがいいと生育が難しく、森の木陰《こかげ》によく生える」

へー、日当たりがいいと駄目なんだ……なんだか不思議だな。

「葉は採ってもすぐにまた生えてくる。だから、根ごと採っては駄目だ。採取する時は必ず葉を採取してくれ」

「はーい」

あっ、リズとスラちゃんが元気よく手を上げたから、周りの人がクスクスと笑っている。

講師のおじさんが微笑ましそうな顔で続ける。

「薬草は十枚一組で買い取りに出せる。ギルドの売店で、束《たば》ねるための専用の紐《ひも》が売っているから、事前に購入するといいだろう。手提《てさ》げカゴや背負いカゴも、ギルドで購入可能だ」

カゴは、薬草採取に行く前に買っておきたいな。

僕たちには魔法袋があるけれど……リズとスラちゃんがとても張り切っているから、たくさん採るかもしれないし。

「一番注意したいのが、魔物の襲撃だ。薬草を採取する時は、視線がどうしても地面に向きがちだ。場合によっては護衛を頼むことも考えてくれ」

ゴブリンの襲撃事件があったし、しばらくは今まで以上に周囲を警戒する必要があるのかな。

僕は【探索】を使えるけど……この魔法や【鑑定】は意外と高度なのだと最近気づいた。

他の人たちだと難しいかも。

「今回は若手の冒険者を護衛に付ける。次回以降は事前にギルドに相談してほしい」

座学はこれで終わりらしい。

三十分の休憩を挟み、森に移動するそうだ。

受付に戻ると、ジンさんとレイナさんが僕に近寄ってきた。

「お、講座は終わったか……って、アレク一人か？　妹はどうした？」

「リズとスラちゃんは食堂に走っていっちゃって……」

「お兄ちゃんは大変ね。気をつけて」

二人はこの後用事があるとのことで、少し話をするとすぐに去っていった。

さて、僕は買い物をしないと。売店に寄り、薬草採取に必要なものを探す。

「おや、薬草を採りに行くのかい？」

店員のおばさんに、僕は頷いた。

「はい、これから初めて行くんです」

「そうかい、そうかい。薬草採りに必要なセットはこれだよ。いくついる？」

「ええっと……セットは二つ分で、薬草を束ねる紐を多めにください」

「はいよ、背負いカゴはどうする？」

「念のため欲しいです。魔法袋があるので、全部入れていきます」

「ほう、魔法袋を持っているのかい。それなら大丈夫だね」

おばちゃんのおかげで、どんどん準備が進む。

「あんた、初心者だろう？　簡易的な冒険者セットもあるけど、ついでに買っていくかい？」

冒険者セットはこの前イザベラ様に買ってもらったやつがあるけど……少し中身が違うから、こっちのも買っておこう。

「それもお願いします。あと、フライパンも一つ。お金はこれで足りますか？」

「大丈夫さ。こっちがお釣《つ》りだよ、毎度あり」

さて、買い物はできたぞ。

講座が終わって一直線に食堂に向かっていったリズは……おっ、他の子たちといたのか。

「あっ、お兄ちゃんだ！　また後でね！」

一緒にいた子たちと別れて、こちらに駆け寄ってくる。

「はい、薬草を採るための道具だよ。こっちはこの前とは別の冒険者セットね」

「ありがとう！」

薬草採取の道具を渡すと、リズは早速魔法袋にしまう。

「リズは何をしていたの？」

「大きなお弁当を頼んだの。森に行ったら、みんなで食べるんだ！」

ドヤ顔のリズが、腰に手を当て胸を張る。

この前もらったお菓子も余っているし……お昼に一緒に出そう。

『薬草採取に行く人は、受付に集まってください』

おっと、受付のお姉さんから集合の合図がかかった。

「おや、君たちも参加するのか」

護衛役らしき青年冒険者が、なぜか僕に話しかけてきた。

誰だろう？

「ハハハ、こうして話をするのは初めてだもんな。先日のゴブリン事件の時に俺もいたんだよ。もちろん、君たちの活躍は近くで見ていた」

「小さいのに、本当に凄い魔法使いだね」

もう一人、同じく護衛役らしい女性も近寄ってきて、僕たちを褒めてくれた。

「そうだったんですね。今日はよろしくお願いします」

「こちらも、これだけの人数を守るのはいい訓練になる。お互い頑張ろうな」

とっても感じのいい人たちだ。だからこそ、今回の護衛に選ばれたのかもしれない。

人も揃ったところで、みんなで森に向かう。

「お、今日から薬草採取が再開かい？」

「うん、そうだよ！」

「そうかい、気をつけていってくるんだよ」

城壁を守っていた門番の声を受けて、僕たちは森に入った。

「今日は初日なので、森の奥には行かないでください。帰る時もみんなで帰ります」

護衛の女性の注意を聞き、薬草採取が始まった。

さて、どのあたりに生えているのだろうか？

うーん……試しに【探索】で範囲を絞《しぼ》れないかな。

集中し、さっき見た薬草のサンプルをイメージする。

脳裏にたくさんの薬草の反応が浮かんだ。

うまく【探索】を応用できたみたいだ。早速採りに行く。

「お兄ちゃん、見て！　いっぱいだよ！」

「う、うん。凄いね……」

ところが、その場所に着くと、すでにリズが薬草を採っていた。

どうも、勘で薬草が生えているところを見つけたらしい。

スラちゃんと以心伝心だったり、ゴブリンの襲撃に最初に気づいたり……リズは凄く勘が鋭い。

もしかして、僕の魔法より高性能なの……？　薬草が生えている場所を次々と見つけている。

リズは他の参加者も案内できるくらい余裕があるみたい。みんな大量の薬草が採れてご満悦だ。

「お兄ちゃん、どうしたの？」

「いや、なんでもないよ……」

僕は【探索】を使うのをやめて、地道に採取に励《はげ》むことにした。

なんだか敗北感が凄い。

「ドンマイ」と言いたげに肩を叩いてくるスラちゃんに慰《なぐさ》められているうちに、時間が過ぎた。


お昼になり、全員で森の入り口まで戻ってきた。

リズが地面にシートを敷き、魔法袋から買ってきた食事を出す。

肉や野菜を挟んだいろいろなサンドウィッチに、ジャムがたっぷり使われたパイ。ゆで卵やミートボール、オレンジや桃といった果物まである。

「また随分といっぱい買ったね？」

「みんなで食べるんだもん！」

それにしたって量が多いぞ……

「護衛のお兄さんとお姉さん、よかったら一緒に食べませんか？」

「いいのか？」

せっかくなので、護衛の二人を呼ぶ。

僕とリズ、仲良くなった子どもたちと大人が二人……みんながお腹いっぱいになるまで食べて、ようやく完食した。

「リズ、もし買ったものが余ったらどうするつもりだったの？」

「スラちゃんが食べてくれるもん」

「最初から余らせるつもりで買ったら駄目だよ。スラちゃんには、スラちゃんのためのご飯を買ってあげないと」

「えー！」

スラちゃんはスライムだからなんでも食べる。でも残飯処理係ではない。

さすがに、今回は怒らないと。

護衛のお姉さんも注意してくれる。

「お兄ちゃんの言うことが正しいわ。リズちゃんがみんなのために張り切っていたのは分かるけど、ちゃんと食べ切れる分だけ用意しないとね」

「むむっ……分かったよー」

リズが渋々《しぶしぶ》と頷いた。

僕はこっそりお姉さんに近づき、お礼を言う。

「ありがとうございます」

「いいのよ。君はとてもいいお兄ちゃんだけど、大人が教えるべきことだからね」

確かにそうなのかな。今度、ヘンリー様やイザベラ様にも相談してみよう。

本来なら午後も薬草を採るはずだったけれど、午前の頑張りで薬草を結ぶ紐がなくなってしまったので、早めにギルドに帰ることになった。

ギルドに着くと、みんな買い取りスペースに駆けていく。

「おお、凄いな。こんなにもたくさん採ってきたのか？　やるじゃないか」

買い取り役のおじさんが驚いた。

おまけに結構高値で売れたので、特に子どもたちは大喜びだった。


かくして、予定よりも早めに屋敷に帰ったのだが……

「お帰りなさい……あら、どうしたの？」

出迎えてくれたイザベラ様が、膨れっ面のリズを見て怪訝な顔をした。

「薬草採取で、ちょっと……」

「むぅー」

僕とお姉さんに注意されて、いったんは納得したリズだったが、帰るうちにご機嫌ななめになり、ぷぅっとむくれてしまったのだ。

リズの手を引いて食堂に移動しつつ、僕は今日の出来事を報告する。

「なるほどね。リズちゃんは、みんなのためにたくさんご飯を買いたかったのね」

席に着いたイザベラ様が、リズの目をじっと見つめる。

「でも、少しはしゃぎすぎちゃったわね。お兄ちゃんとその護衛の人が注意するのも分かるわ」

「うん……」

椅子に座って足をぶらぶらさせながら、リズが返事をする。

「今度は必要な分だけ頼むようにしましょうね。用意してくれる人も、準備が大変になっちゃうもの」

「……はぁい」

リズは頭のいい子だから、次からは気をつけてくれるはずだ。

イザベラ様に改めて注意されて、しょんぼりしている。

「アレク君、あなたはいい子だけどまだ幼いわ。リズちゃんのお世話を、すべて自分一人でする必要はないの。小さい子の面倒を見るのは大人としての義務よ。気にせず相談してね」

思い切って報告してよかった。

イザベラ様が僕の頭を撫でながらニコッと微笑んでくれたので、少し肩の力が抜けた。


その日の夜。

「お兄ちゃん」

明日に備えて早めに寝ようとすると、リズが僕に抱きついてきた。

「うん、どうしたの？」

「今日はごめんね」

「いいんだよ。リズが周りの人を気遣ったのは、とてもいいことなんだから」

そうして、いつも通り抱き合ってベッドに入る。

そういえば、前世では自分でやるのが当たり前で、誰かに心配されることなんてほとんどなかったな……

イザベラ様の言葉を思い出し、なんだか温かい気持ちのまま眠りについた。

◆　◇　◆

翌朝。

今日から三日間の魔法訓練が始まる。

「わー、いっぱい冒険者がいるね！」

ギルドに到着すると、リズが歓声を上げた。

受付には多くの人が集まっている。

中には剣を持っている人もいるけど……どういうことだろう？

「おはよう、アレク君にリズちゃん」

僕たちの後ろから、カミラさんが声をかけてきた。

その後ろには、ルリアンさんとナンシーさんもいる。

「今回の訓練って僕たちだけじゃないんですね」

「この間のゴブリン事件もあって、『強くなりたい』と願う人が多かったのよ」

カミラさんが言うと、ルリアンさんとナンシーさんも続く。

「アレク君とリズちゃんだけの特別訓練にしようかとも思ったのですが、そうも言ってられず……」

「ただ、もともと教えようと思っていた内容に変更はないよ」

「そうだったんですね！　今日はよろしくお願いします」

カミラさんたちにとっては、まとめて教えたほうが楽ちんだよね。

剣を持っている人たちには、ジンさんとレイナさんが稽古《けいこ》をつけるんだって。

ということで、みんなでギルドの訓練場に移動する。

剣術や体術を習う組と魔法を練習する組に分かれて、講習スタートだ。

「訓練を始める前に、適性を調べてみましょうか」

カミラさんは魔導具らしき水晶を準備する。魔導具とは魔力で動く便利なアイテムのことだ。

ルリアンさんとナンシーさんが説明を引き継ぐ。

「魔法には複数の種類があります。誰もが使える無属性魔法に、基本となる火・水・風・土・回復の五属性です。たとえば【身体強化】は無属性の魔法ですね」

「他には光と闇、雷と空間といったレアな属性があるわ。聖属性はさらに希少な属性よ」

このあたりは、前に読んだ魔法の本にも載っていたな。

ただ、空間属性と聖属性というのは初めて聞いたぞ。

「無属性は基本的に誰にでも使える属性です。もちろん、使える魔法の難易度は人によって変わってきます。またそれとは別に、大体の人は一つか二つ属性の適性を持っています」

一つか二つ……僕、基本の五属性と光と闇、それに雷属性を使えるんだけど……

「はい、準備ができたわ。では順番に属性を調べましょう」

カミラさんが用意したのは、手を置くと適性属性の色が光るという不思議な魔導具だった。

これを使うと、無属性以外の適性が分かるらしい。

「アレク君とリズちゃんはちょっと待っていてね」

当たり前のように僕とリズは後回しにされた。すでにカミラさんたちは僕たちがさまざまな属性の魔法を使えるって知っているから、他の人にショックを与えないよう配慮したのかも。

「僕は火と風だ！」

「私、光属性が使えるのね！」

魔法講習の参加者たちが次々と水晶に手を置き、その結果に一喜一憂している。

やっぱり使える魔法は無属性を除いた一つか二つみたい。

「お待たせ、リズちゃんから調べてみましょうね」

しばらくすると、やっと僕たちの順番が回ってきた。

リズが元気よくカミラさんのところに向かう。

ところが、水晶に手を置く直前、頭の上に乗っていたスラちゃんがぴょんと飛び下り、水晶に乗ってしまった。

「あー！」

水晶を取られたリズが叫ぶ。

「あら、スラちゃんが触っちゃったわね。もう一度準備するからちょっと待って……って、え？」

カミラさんが水晶を回収しようとして固まった。

なんと、水晶が三色に光っている。

「風と土、それに回復に適性ありですか……」

「無属性を含めて、四つの属性を使えるスライムなんて聞いたことがないわ」

ルリアンさんとナンシーさんも驚いている。

あれ？　スラちゃんって、風魔法しか使えなかったはず。

もしかして、ゴブリンをいっぱい吸収したから成長したの？　そういえば、僕たちが治療院で回復魔法を使っているのも、じっと観察していたような……

スラちゃんがドヤ顔するので、リズがむくれてしまった。

カミラさんが再び水晶を用意する。

「リズちゃん、お待たせ。どうぞ」

「むー、絶対にスラちゃんの数を超えるもん！」

ピカーッと水晶が輝く。

リズの結果は回復と光……そしてなんと聖属性だった。

とんでもない結果だが、リズにとっては属性数のほうが大事だったらしい。スラちゃんを超えられなくて悔しがっている。

スラちゃん、リズの周りをぴょんぴょん跳ねて煽《あお》らないの。

「凄い結果が続いたけど、これは序《じょ》の口《くち》よ。最後に診断するアレク君については、例外だと思ってみんなは無視していいから」

カミラさん、カミラさん。僕って珍獣扱い？

周りの人が、なんだなんだとざわめく。

「それじゃあ、アレク君。手を置いてね」

ピカーッ。

僕が手を置くと、水晶が眩《まばゆ》く輝く。

「予想していましたが、こんな結果は初めて見ましたよ……」

ルリアンさんが呆れたように言った。

僕は、聖属性を除く全部の属性に適性があった。

使ったことがない空間属性にも適性があるようだ。前から思っていたんだけど、僕って異世界転生者なわけだし……魔法チートがあるのかも？

「たまに彼みたいな才能の塊が現れるけど、気にしなくていいからね。他人は他人、自分の結果に向き合うことが大切よ」

ナンシーさんがその場をまとめると、カミラさんが話を変えた。

「では、魔法の練習に移りましょう」

さて、ここからが本番だ。

「魔法使いの中には魔力量や使える属性数を自慢する人がいるわ。でも、自分の魔法を完璧にコントロールできてこそ、一流の魔法使い。今日は日常でできる練習の仕方と、魔法を制御する方法を教えます」

うう、これは少し耳が痛い話だ。

【合体魔法】を制御しきれなかったわけだし……

「まずは日々の訓練は、体内の魔力を循環させる魔力循環が重要です。一日五分でもいいので、毎日必ずやりましょう」

これも本に書いてあった内容だ。家を追い出される前は毎日やっていたし、今でもなるべく続けるようにしている。

「カミラさん！　リズ、いつもお兄ちゃんと手を繋いでやっているよ」

「うんうん。二人の魔力量が多いのは小さい頃からの練習の賜物《たまもの》ね。でも一人での魔力循環も練習したほうがいいわ。二人でやるのとは魔力の流れが少し違うの。お兄ちゃんとどっちがうまくできるか、勝負ね」

「おおー！　頑張る！」

カミラさん、リズをあまり煽らないで。

負けず嫌いだから、きっと僕に勝負を挑んでくる。

「もう一つが、魔力玉を使った魔力の調整訓練ね。両手でボールを包むようなイメージで魔力を流すと、このように魔力玉ができるわ。この玉を大きくしたり小さくしたりして、魔力を調整する訓練をします」

説明しながら、カミラさんが実演した。

お、これは本に書いてなかったぞ。

魔力玉を作ることは簡単だ。ただ、大きくしたり小さくしたりするのは難しい。

他の人もかなり苦戦しているみたいだ。隣にいるリズは、魔力玉を小さくできず悩んでいる。

カミラさんは余裕の笑みを浮かべてサイズを変えているから、このあたりが一流の魔法使いとの違いなんだろうな。

「これができるようになると、魔法の制御が簡単になるわ」

カミラさんの言葉に、ルリアンさんとナンシーさんが続ける。

「今日の講座はお昼までなので、時間まで魔力の循環と魔力玉の調整をやりましょう」

「どんどん質問してね。聞くのは恥ずかしいことじゃないから」

ということで、それぞれ自由に練習を始めた。

リズが早速カミラさんに泣きつくと、それを皮切りに他の人もどんどん遠慮なく質問し始めた。

僕はしばらく一人で試行錯誤《しこうさくご》しようと思う。

苦心して魔力玉を大きくしたり小さくしたりしていると、後ろからルリアンさんとナンシーさんの話し声が聞こえてきた。

「あのリズちゃんでさえ『うまくできない』って聞きに来たのに、一人で練習していますよ」

「やっぱりアレク君は凄いわね」

いやいや、本当にこれは難しいってば。

それからしばらくして、カミラさんが手を叩いて呼びかける。

「はい、これで今日の講習は終わり！　明日も頑張りましょうね」

いつの間にかお昼の時間になっていたみたいだ。

結局リズは、少しだけ魔力玉を小さくすることに成功していた。

ただ、その横でスラちゃんが簡単に魔力玉のサイズを変え、リズを煽るものだから負けん気に火がついてしまったらしい。屋敷に帰っても魔力玉の練習をするそうだ。


その後、僕とリズは、カミラさんたちと一緒に久々にギルドの食堂で昼食をとることにした。

ジンさんとレイナさんも同席している
「アレク、リズ。カミラたちの訓練はどうだった？」

「かなり難しいです」

「うまくできなかった……」

「ハハハッ。リズ、なんだよその顔は」

ジンさんの指摘に、リズがますます膨れっ面になってしまった。

「やっぱり魔法の制御はまだまだです。できたつもりになっていたけど、もっと頑張らないと」

「頑張るもん。お兄ちゃんには負けないもん」

僕たちが言うと、ジンさんとレイナさんが微笑んだ。

「偉いぞ。いくら才能があっても、訓練は必要だ」

「そうそう、きちんと訓練をしないと、自分だけでなく周りの人も危ないもの」

今まで自己流だったから、今日の訓練はためになった。

「明日の訓練も難しいわよ。でも、一流の魔法使いになるには避けて通れないから、一緒に頑張りましょう」

「はい、頑張ります」

「リズも頑張るよ！」

カミラさんの言葉に、僕たちは拳を握った。

ちなみに午後はヘンリー様の屋敷の庭で復習をしたんだけど……頑張りすぎて魔力切れになり、気絶してしまった。何事もほどほどにしないと。

◆◇◆

魔法訓練二日目。

今日もギルドの訓練場で練習だ。

ジンさんたち剣の訓練チームは外で演習するそうで、訓練場には僕たち魔法組しかいない。

床に座った参加者たちに、まずルリアンさんが呼びかける。

「今日から参加する人のために、まず属性の確認と昨日の訓練内容を教えます。その間、他の皆さんは復習してみましょう」

「都合が悪くて昨日参加できなかった人は、こちらへどうぞ」

ナンシーさんが誘導すると、何人かが立ち上がった。

僕たちも復習を始める。

リズはカミラさんからのアドバイスで、魔力玉を小さくすることに挑戦するらしい。

僕も、もっとスムーズにできるように練習に入る。

三十分もすると昨日いなかった人の分の属性確認が終わった。

カミラさんが口を開く。

「では、今日の訓練を始めるわ。今日は複数の魔法を同時に使うための訓練よ」

「これが使えるようになると、効率よく戦闘に対応できるようになります。また、【身体強化】といった無属性魔法を重ねがけすることもできますよ」

続けてルリアンさんが説明した。

今日の訓練も、なかなか大変そうだ。

「まずは魔力のコントロール。今回は指先に小さな魔力玉を作ってね。これを維持してみましょう」

カミラさんが実演してくれたけど、凄い。

小さな魔力玉をピクリとも動かさず、ずっと維持しているぞ。

早速、僕たちもやってみよう。

「うわあ、大きくなっちゃったよ！」

「あ、消えちゃった……」

リズのように魔力玉を大きくしてしまう人、魔力を絞りすぎて消えてしまう人……

僕はサイズは安定しないものの、なんとか維持している。

ただ、なかなか一定の大きさで止められない……

スラちゃんは触手を何本か伸ばして挑戦している。一つなら制御できたけど、複数となると難しいみたい。

「みんな悩んでいるようね。でも、これを習得するとこういうこともできるようになるわよ！」

カミラさんが両手の指先に小さな魔力玉を出す。

「「「おおー！」」」

みんながどよめく。

一個だけでも大変なのに、十個も魔力玉を制御するなんて……どれだけ訓練すればいいのだろう。

「まずは昨日の魔力循環と魔力玉の調整、そしてこの小さな魔力玉の維持を毎日やりましょう」

「毎日コツコツと、焦らずにやってくださいね」

「魔法は急にうまくならないから、地道な特訓が必要よ」

三人とも、毎日少しずつやれば成長に繋がると言う。

僕も改めて気合を入れる。特に、魔力のコントロールは頑張って身に付けたい。

「次は、実際に魔法を使うわ。無属性魔法の【魔法障壁】を出してみましょう」

僕とリズは【魔法障壁】を使えるけど、せっかくだしやってみよう。

何人か【魔法障壁】を覚えている人もいたけど、カミラさんに強度不足を指摘されている。

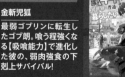

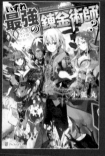

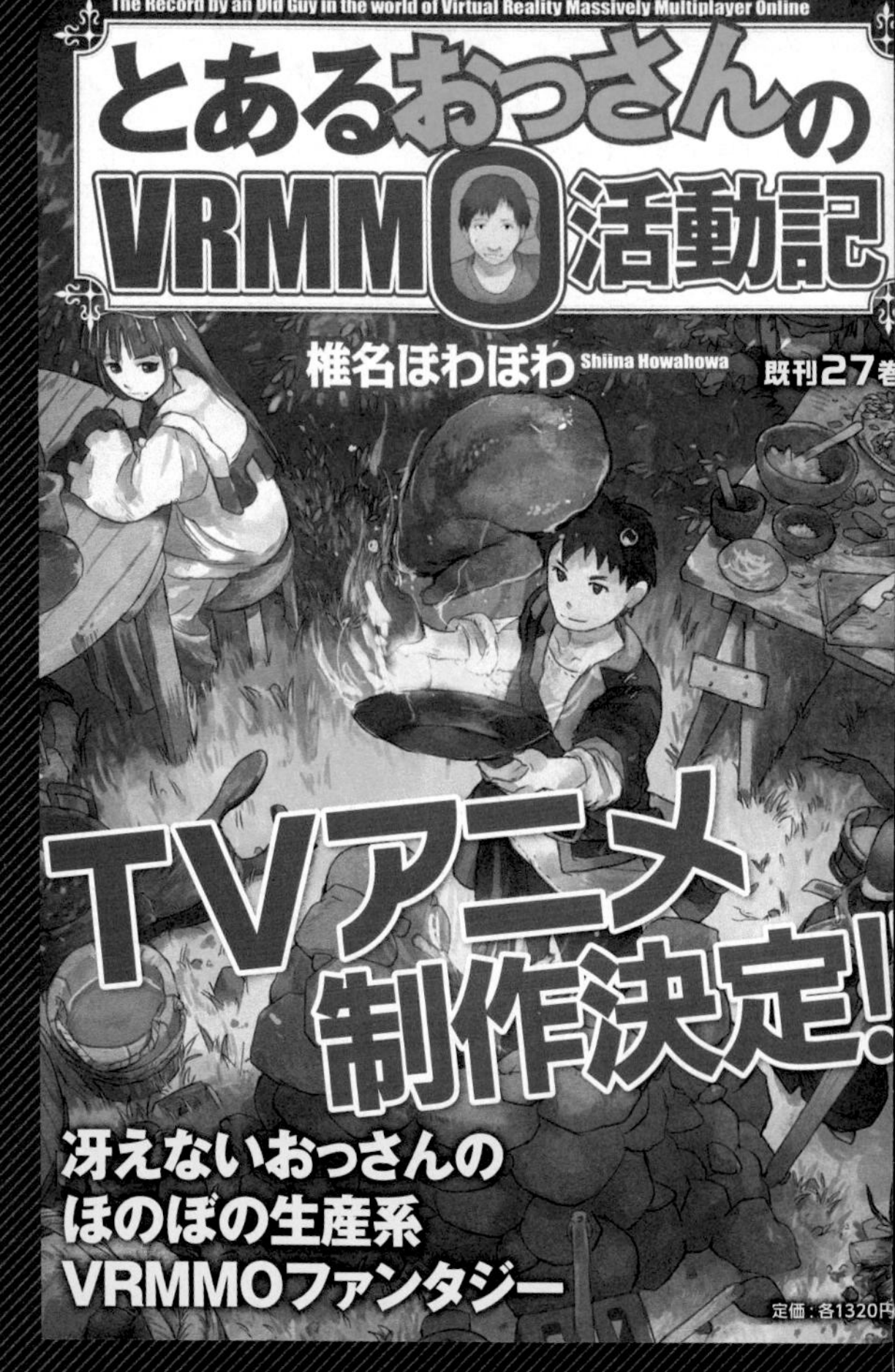

The Record by an Old Guy in the world of Virtual Reality Massively Multiplayer Online
とあるおっさんのVRMMO活動記
椎名ほわほわ Shiina Howahowa
既刊27巻
TVアニメ制作決定!
冴えないおっさんのほのぼの生産系VRMMOファンタジー
定価：各1320円

強くてニューサーガ
NEW SAGA
阿部正行
Abe Masayuki
既刊10巻
TVアニメ
制作決定!!
類滅亡のシナリオを覆すため、
世の記憶を持つカイルが仲間と共に、
界を救う2周目の冒険に挑む!
定価：各1320円⑩

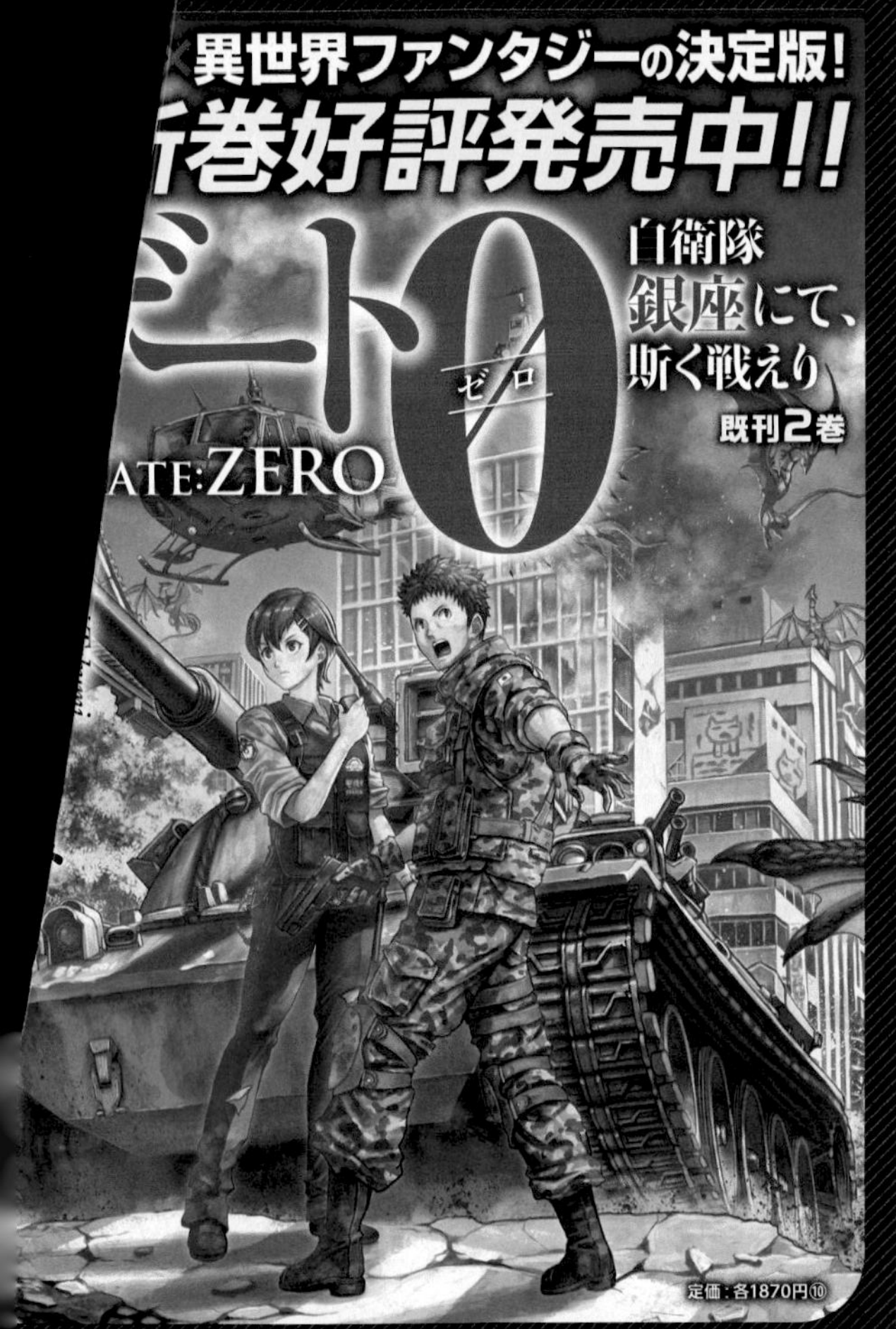
異世界ファンタジーの決定版！
巻好評発売中!!
ート0
ゼロ
ATE:ZERO
自衛隊
銀座にて、
斯く戦えり
既刊2巻
定価：各1870円⑩

月が導く異世界道中
Tsukiga Michibiku Isekai Dochu
あずみ圭
Azumi Kei
既刊18巻+外伝1巻
TVアニメ2期決定！
神と人族から
見捨てられた男の
異世界世直しファンタジー
定価：各1320

転生系　王道異世界系ラノベ!!

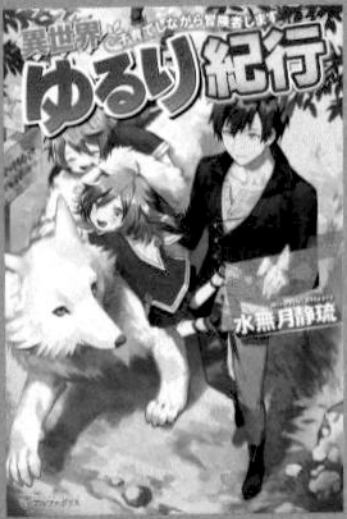

異世界ゆるり紀行

水無月静琉　既刊14巻

転生し、異世界の危険な森の中に送られたタクミ。彼はそこで男女の幼い双子を保護する。2人の成長を見守りながらの、のんびりゆるりな冒険者生活!

素材採取家の異世界旅行記

木乃子増緒　既刊13巻

転生先でチート能力を付与されたタケルは、その力を使い、優秀な「素材採取家」として身を立てていた。しかしある出来事をきっかけに、彼の運命は思わぬ方向へと動き出す——

実は最強系　アイディア次第で大活躍!

追い出された万能職に新しい人生が始まりました

東堂大稀　既刊8巻

万能職とは名ばかりで"雑用係"だったロアは「お前、クビな」の一言で勇者パーティーから追放される…生産職として生きることを決意するが、実は自覚以上の魔法薬づくりの才能があり…!?

落ちこぼれ[☆1]魔法使いは、今日も無意識にチートを使う

右薙光介　既刊9巻

最低ランクのアルカナ☆1を授かったことで将来を絶たれた少年が、独自の魔法技術を頼りに冒険者としてのし上がる!

定価：各1320円⑩

続々刊行中!

追放された【助言士】のギルド経営

柊彼方　既刊2巻

ロイドは最強ギルドから用済み扱いされ、追放される…失意の際に出会った冒険者のエリスがギルドを創ろうと申し出てくるが、彼女は明らかに才能のない低級魔術師…だが、初級魔法を極めし者だった——!?　底辺弱小ギルドが頂に至る物語が、始まる!!

転

様

大

この面白

既刊4巻

れ
入
造
き抜

趣味を極めて自由に生きろ!

紫南

魔法が衰退し魔道具の補助無しでは扱えない世界で、フィルズは前世の工作趣味を生かし自作魔道具を発明していた。ある日、神々に呼び出され地球の知識を広める使命を与えられ——?

既刊3巻

幼子は
気付いて

akechi

森の奥深
リアの楽し
達と遊ぶこと
い光景だが、
伝説の魔物だ
ぬ間に最強の
になっちゃった!?

既刊2巻

余りモノ異世界人の自由生活

藤森フクロウ

シンは転移した先がヤバイ国家と早々に判断し、国外脱出を敢行。他国の山村でスローライフを満喫していたが、ある貴人と出会い生活に変化が!?

既刊5巻

不死王はスローライフを希望します

小狐丸

平凡な男は気がつくと異世界で最底辺の魔物・ゴーストになってい
た!?　成長し、最強種・バンパイアになった男が目指すは自給自足のスローライフ!

既刊4巻

自衛隊
最新
ケ
柳内たくみ
Yanai Takumi

「アレク君とリズちゃんは、硬すぎますね。状況に合わせて硬度を変えられるといいですよ」

「魔力を消費しすぎだから、もう少し調整できるようになりたいね」

ルリアンさんとナンシーさんがアドバイスをくれた。

カミラさんたちが一通りみんなの【魔法障壁】を確認し、残りの時間は練習になった。

今日は小さい魔力玉の維持に挑む人が多い。

ただ、みんな苦戦しているようで、リズも制御がうまくいかず半べそをかいている。

そんな中、僕はというと……

「あっ、できた！」

二つの小さな魔力玉を出すことに成功した。

「うーん、やっぱりアレク君はうまいね」

「ぐぬぬぬ」

褒めてくれるカミラさんの後ろで、リズが歯ぎしりをしている。

スラちゃん……君も魔力玉を二つ出せるようになったからって、リズに見せびらかさないの。

「リズ、ちょっと来て」

「……なあに？」

僕は拗《す》ねるリズをなだめて、手を繋いだ。

「これが小さな魔力玉を制御する感覚だけど、なんとなく分かる？」

「ちょっとやってみる……」

手を繋いだ状態で小さな魔力玉を制御し、なんとかリズに感覚を掴ませる。

「おお、なんかできたかも！」

早速一人で試したリズが、嬉しそうな声を上げた。指先に小さな魔力玉が一つ、しっかりと浮かんでいる。

「ここまでできれば、あとは練習するだけだよ」

「よーし、頑張る！」

すっかりやる気を取り戻したリズを見ていたら、カミラさんが苦笑しながら話しかけてきた。

「まさか、手を繋いで魔力の感覚を伝えるとはね」

「今までずっと一緒に練習してきたので……分かりやすいかなと思ったんです」

「これはいつも魔力循環をしている二人だからできることで、普通の人にはとても無理だと思うわ」

ナンシーさんの言う通りで、僕もリズ以外には教えられない気がする。

それにしてもスラちゃん……リズができるようになったからって、触手で床を叩いて悔しがらないの。


今日もギルドの食堂でお昼ご飯だ。

「リズ、なんだか今日はニコニコだな」

「うまくできたの！」

リズがご機嫌でパンを頬張る。

「今日はかなり難しいのを教えたんだけど、二人ともよくできたと思うわよ」

「アレク君は別格として、リズちゃんもさすがの成長だわ」

カミラさんとナンシーさんが褒めてくれる。

「明日はジンたち剣の訓練組と一緒に外で練習しますよ」

ルリアンさんが言うと、カミラさんも頷いた。

「さすがに、ギルドの中で複数人に攻撃魔法を教えるわけにはいかないからね。外に出て、実地訓練を行うわ」

「おー、楽しみだ！」

ゴブリンの襲撃事件を含め、かなりの回数の実戦を経験した。ただ、実地訓練は初めてだ。

リズとスラちゃんがはしゃいでいる。僕も少しウキウキしてきたな。

◆　◇　◆

魔法訓練最終日。

実地訓練をするため、ギルドから町の外へ移動する。

門を通って、森に向かう道沿いにある広い原っぱにやってきた。

「アレク君とリズちゃん、こんな感じで光魔法で玉を作れる？」

カミラさんがふわふわと浮かぶ光の玉を見せる。

「はい、大丈夫です」

「リズもできるよ。ほら！」

「うん、さすがだね。今日は私たちを手伝ってほしいの。もちろんスラちゃんにも」

一体何をするんだろう。

「まず魔法組を二つのグループに分けるわ。一組はスラちゃんが作る土の的《まと》目掛けて魔法を撃ち込むグループ。もう一つは、アレク君とリズちゃんの出す光の玉を撃ち落とすグループです」

「アレク君とリズちゃんは、撃ち落とされないようにうまく光の玉を動かしてね。スラちゃんは土の的を壊れないように硬ーく作っていいわよ」

止まった的に当てて壊す訓練と、動く的を狙う訓練か。

ひたすら光の玉を動かさないといけないので、僕たちもかなり大変だぞ。

スラちゃんが、早速カチカチに固めた土の的を三つ作った。

「おー、ジンさんにそっくりだね、カミラさん！」

「フ、フフフッ！　とてもいい的ができたわね」

土の的はなぜか、かっこよく構えるジンさんの姿だ。

的というより彫像《ちょうぞう》かもしれないな、これ。スラちゃんのセンスは謎だ。

お腹を抱えて笑っているカミラさんに代わり、ナンシーさんが僕たちに指示を出す。

「アレク君とリズちゃんも、光の玉を準備してね。最初は大きめのものをゆっくり動かしてみましょう」

僕とリズは一メートルくらいの光の玉を作った。試しにゆっくり動かすと、ようやく復活したカミラさんがＯＫをくれた。

光の玉を宙《ちゅう》に浮かべる。

「それでは始めます……よーい、スタート！」

カミラさんの合図で、僕とリズはふわふわと光の玉を動かす。

「あれ？　当たらないぞ」

「なんでかな？」

戸惑っている参加者に、カミラさんがアドバイスする。

「光の玉がどう動くか、軌道《きどう》を予測してみてね」

光の玉はゆっくりと丸を描いたり、八の字を書いたりと単純な動きをさせているのだけれど……動く的を攻撃するのは初めてなのか、うまく当たらないみたい。

「なんだよ、あの像は！」

「すっごく硬いぞ。水魔法でもびくともしない！」

一方でスラちゃんの作った像はかなり硬いようで、多少の魔法では当たっても全然壊れない。

「うまく魔力を溜めてみよう。そうしないと、威力が出ないよ」

ナンシーさんが指導しているけど、魔力を溜めるのに難儀しているようだ。

「はい、いったん休憩にしましょう」

結局、誰も僕とリズの光の玉に当てることはできず、スラちゃんの作った像も破壊されなかった。

「敵は止まってばかりではないですからね。相手の動きを予測して魔法を放つ……これは弓などを扱う場合でも同じですよ」

「魔法をただ放つのではなく、うまく魔力を溜めないと威力は落ちるわ。昨日までの訓練を頑張って、魔力をうまく扱えるようにしましょう」

ルリアンさんとナンシーさんが言うことはもっともだ。

僕たちはすでに魔物と戦ったことがあるから分かるけど……ただ闇雲《やみくも》に魔法を放っても意味はなくて、しっかり魔法を当てないといけない。

ゴブリンキングの時みたいに一瞬の隙しか作れない可能性だってあるわけだし、ここぞという時に高火力の魔法を放たないとね。

「では、今度は入れ替えてやってみましょう」

光の玉を狙うチームと、土の像を狙うチームを交代する。

いつの間にかスラちゃんが、的をマッスルポーズをするジンさんの像に作りかえていた。

触手で額を拭い、「いい仕事をした」と言いたげな様子だ。

「ほら。さっきも言ったけど、玉の動きを考えて魔法を放つのよ」

カミラさんがまた同じアドバイスを繰り返した。

光の玉を狙うチームはやはりうまく狙いが定まらないらしい。

「硬すぎるよ」

「あの像、なんだかこっちのことを笑ってる気がしてきた……」

一方、土の的を壊すチームも、なかなか像を破壊できていない。

リズ曰《いわ》く、スラちゃんはちゃんと壊れる程度の硬さで作っているそうなので、単純に火力が強い魔法を発動できていないのだろう。

両グループとも魔法を放ちすぎて疲れたのか、全員が地面にへたり込んでしまった。

「おお！　なかなか面白い訓練しているな。的当てか？」

しばらくすると、剣の練習をしていた組が休憩に入ったようで、ジンさんがこちらにやってきた。

「あれ？　もしかしてあの土の像、剣チームの講師の男の人じゃない？」

「本当だ、ムキムキのお兄さんだよ！」

ジンさんを見て、参加者たちがクスクスと笑う。

不思議そうな顔をしていたジンさんだったけど、すぐにマッスルポーズをした土の像に気づいた。

「おい、誰だよあんな像を作ったのは？」

「フフッ……スラちゃんよ」

カミラさんが笑いを噛《か》み殺しながら答えた。

「マジかよ！」

製作者のスラちゃんが、ジンさんに向かって触手をふりふりして煽る。

「せっかくだから、アレク君とリズちゃんに硬い像を壊すお手本をお願いしようか」

「まずは一体ずつ壊して、最後は【合体魔法】を見せてくれますか？」

ナンシーさんとルリアンさんの頼みに、僕たちは頷いた。

それぞれ魔力を溜め、目標をしっかり見据える。

「準備ＯＫです！」

「リズも！」

「じゃあ、魔法を放ってみて」

僕は土の塊を、リズはいつもの光の矢を放ち、しっかり像を破壊した。

「「おお！」」

他の参加者たちがどよめく。

「このようにして魔力を溜めると、威力のある魔法を放てます」

「何も間違っていないんだが、壊されたのが俺そっくりの像っていうのが気に食わん……」

ご満悦なカミラさんの隣で、ジンさんが微妙な表情をしていた。

「では、最後にアレク君とリズちゃんの【合体魔法】です。これにはお互いの魔力の相性が大事になります。まだ難しいと思いますから、こういう魔法がある……程度に覚えておいてくださいね」

「「はーい」」

ルリアンさんが説明している間に、僕とリズは再び魔力を溜めていく。

ゴブリンキングを倒した時は、ただ魔力を放つだけだった。今回は僕は雷魔法を、リズは光魔法を使い、異なる属性を重ね合わせた【合体魔法】に挑む。

「アレクお兄ちゃん、スラちゃんが像を増やしているよ」

「マッスルポーズをする五体のジンさん像か……」

スラちゃんが像を追加したけど、あれは絶対に悪ふざけだ。

「じゃあ、二人ともお願いね！」

カミラさんの合図が出たので、溜めた魔力を一気に解放する。

「「えーい！」」

ドゴーン！

僕たちの【合体魔法】を受けて、像は木端微塵《こっぱみじん》に吹き飛んだ。

「「凄い！」」

見ていた人たちが歓声を上げた。

ジンさんは再び複雑な表情をしている。

「凄いのは分かるんだが、また俺の像が……」

吹き飛んだ破片は、スラちゃんがもとの土に戻している。

「訓練を続けることで、魔力を溜めるのは上達するはずよ。そうするとあのような高威力の魔法を放つこともできるようになるからね」

カミラさんがこれまでの講習をまとめた。

僕たちも、もっと訓練を頑張りたいな。

「また、訓練をするうちに有益な無属性魔法を使えるようになるわ」

「特におすすめなのが、【魔法障壁】や【身体強化】といった戦いを補助する魔法ね。他にも【探索】や【鑑定】は練習次第でどんどん精度が上がるから、覚えておくと便利よ」

ナンシーさんとカミラさんの解説に続いて、ルリアンさんが口を開く。

「空間属性の適性があって、【転移魔法】を覚えたい人は申し出てくださいね！」

ここで知らない魔法が出てきた。

「カミラさん、【転移魔法】ってなんですか？」

「異なる地点を結ぶ魔法のことね。いくつか種類があって、一度行ったことがある場所に転移する扉を作る【ゲート】や、一瞬で別の場所に移動する【ワープ】なんかがあるわ。どちらも具体的に行きたい場所をイメージすることが大切よ」

「なるほど……」

「魔法は想像力が要《かなめ》だからね」

ふむふむ……ちょっとやってみようかな。

いつも行くギルドの受付を思い浮かべ、集中すると……

「あっ！　アレクお兄ちゃん、できてるよ！」

リズの言う通り、【ゲート】が発動していた。

本当にギルドの受付に繋がっている。

「もうアドバイスはいらないかもしれないわね……」

呆れているカミラさんのそばで、ジンさんとレイナさんが苦笑している。

「さて、では練習を再開しましょうか」

「おっ！　ならさっきの光の玉を狙う的当てに、弓を使う連中を交ぜてやってくれないか？」

「ええ、いいわよ」

こうして訓練を再開したんだけど……コツを掴んだ人が多いみたい。

さっきの僕たちの魔法がきっかけになったのか、魔力の溜め方が上達している。

放つ魔法の速度を上げるなど工夫して、光の玉に当てたり、土の像を壊せるようになった。

「今回の訓練は、効果が高そうだな」

「ええ、アレク君とリズちゃんの存在も大きいわ」

「剣の連中もやる気が出ていい感じだ」

後ろでジンさんとカミラさんがそんな話をしているけど、僕とリズにとっても凄く勉強になった。

無事に三日間の講習が終わり、少しはレベルアップできた気がする。

これからも地道に訓練を続けていこう。

第三章　王都で出会った人々

魔法訓練が終わった翌日。

「今日は二人とも何か用事はあるかしら？」

「いいえ、特に何もないです」

「それなら王都行きに向けて、貴族の礼儀作法の勉強をしましょう。偉い人とも会いますからね」

朝食を食べていると、イザベラ様が提案してきた。

「リズちゃんも、かっこよく挨拶できるように頑張りましょうね」

「はーい！」

さすがはエマさんたちを育てたイザベラ様だ。うまくリズのやる気を引き出している。

朝食後に屋敷の一室に移動し、早速勉強が始まった。

僕は執事に、リズはイザベラ様に加えてエマさんとオリビアさんに教えてもらう。

「まずは人に会った時の挨拶を勉強しましょう」

ヘンリー様に初めて会った時のことを思い出しながら、その時のジンさんたちの真似をしてみた。

「アレク様、お上手ですね。今の形でも問題ありませんが、もう少し背筋を伸ばしてお辞儀をすると……はい、綺麗な形ですよ」

やっぱり、こんな感じで大丈夫みたいだ。

一方のリズは、女性陣とカーテシーの練習をしていた。

「はい、よくできました。足はあまり大きく引かないでね」

「スカートは軽く摘まむくらいにしましょう！」

「オリビアの言う通りよ。今のリズちゃんならそのくらいで大丈夫！」

イザベラ様たちに囲まれてちょっと疲れているけど、なんとかなりそうだ。

「あと、名乗る時はちゃんとお名前にしましょう。リズちゃん、たまに愛称で挨拶しちゃっているからね」

「えっと……エリザベチュ。あ、間違えちゃった……」

「もう一回やってみましょう」

「エリザベスでしゅ。あ、またやっちゃった……」

いつもなら大丈夫なんだけど……緊張すると滑舌《かつぜつ》が悪くなってしまうみたいで、本番で噛まないかとても不安だ。

「では、夜会の準備もしましょうか」

「夜会ですか？」

「そうよ。晩餐会《ばんさんかい》にお呼ばれする可能性もあるから、服を準備するのよ。以前行ったお店にもう注文してあるわ」

イザベラ様が馬車を呼び、早速お店へ移動する。

「奥様、お待ちしておりました。ご注文の品は用意できております」

「あら、ちょうどいいわね。じゃあ、早速サイズを合わせましょう」

お店に着くと、すでに僕とリズの服が用意されていた。

オーナーの後ろには、謁見用の服と、燕尾服《えんびふく》やドレスといったきらびやかな衣装がいくつも飾ってある。

「では、早速調整を行いましょう」

今回はアクセサリーをつけたり、中に着るシャツを合わせたりする必要があったので、やっぱり何回も着替えることになった。

特にリズは、もともと購入予定だった服に加え、結局三着も多く購入することになった。

僕も、二着追加で購入したけどね。

「午後は、衣装に合わせて二人の髪を綺麗に整えましょうね」

「「えっ？」」

そしてさらに追加された本日の予定に、僕とリズは思わず固まってしまった。


「それで二人とも一段と可愛い髪形になったんだな」

夕食時、ヘンリー様はニコッと笑って僕たちを褒める。

僕は男にしては長めだった髪をバッサリ切り、リズはふわふわボブカットに整えた。

リズの髪形、凄く似合っていると思うのだけれど、本人は短くなった自分の髪に慣れていないみたい。

「ふむ、明日が楽しみだな」

「「……え？」」

ヘンリー様の言葉に、僕とリズは理解が追い付かない。

「明日、王都からこのホーエンハイム辺境伯領に魔導船《まどうせん》が到着する予定でね。それに軍務卿《ぐんむきょう》が乗船しているんだ」

「もしかして、僕とリズも挨拶するんですか？」

「ご明察。アレク君は理解が早くて助かるね」

軍務卿って、国軍のトップじゃ……デビュー戦にしては、いきなり大物すぎない？

「ハハハ、軍務卿とは王立学園時代の同級生でね。二人のことは伝えてあるから大丈夫だよ」

「でも、もし挨拶に失敗しちゃったら……」

「問題ない、考えすぎだよ。見た目は厳つい男だが、優しいやつさ」

ヘンリー様は笑って言ってるけど……僕もリズも、緊張と不安でいっぱいになるのだった。

◆　◇　◆

「二人とも、今から緊張しているのか？」

翌朝、ヘンリー様が僕たちを見て苦笑した。

「出迎えは私が行うし、君たちは家の前で挨拶すればいいよ」

「それなら……頑張ってみます」

「でも、まだ心配だよー」

ヘンリー様が出発した後、僕たちは使用人と一緒に出迎え用の服に着替えた。

「あっ、アレクお兄ちゃん！　何か飛んでいるよ」

「多分、あれが魔導船だね。あんなに大きなものが空を飛ぶんだ……」

庭で魔法の練習をしていると、町の外れに向かう空飛ぶ船が見えた。

見た目は飛行船のような形だ。一体どうやって空を飛んでいるんだろう？

「二人とも、もう少ししたら屋敷の中に入ってね」

イザベラ様が外に出てきて、僕たちに声をかけた。

屋敷に戻って服装を整え直していると、執事に呼ばれた。

「皆様。そろそろ到着するとの連絡がありましたので、表に並んでくださいませ」

「ありがとう。ではみんな、行きましょう」

いよいよ軍務卿が屋敷に到着するので、みんなで屋敷の前に立つ。

もちろん僕たちが並ぶのは一番端っこだ。

スラちゃんも今日ばかりは定位置のリズの頭から下り、足元で大人しくしている。

しばらくすると、ガラガラと音を立てて馬車が屋敷にやってきた。豪華な装飾《そうしょく》が施された馬車だ。

執事が馬車のドアを開ける。まずヘンリー様が出てきて、続いて軍服を着たお髭《ひげ》がモジャモジャの人が降りてきた。

軍服に勲章《くんしょう》がたくさん付いている。あの人が軍務卿で間違いなさそうだ。

「お久しぶりでございます、閣下《かっか》」

「「お久しぶりです」」

「うむ、元気そうで何よりだ」

さすがイザベラ様とエマさん姉妹だ。完璧に対応している。

「それで、こちらの子どもが例の子か」

「初めまして。アレクサンダーと言います」

「私はエリザベスでしゅ」

あっ、リズが盛大に噛んでしまった。

恥ずかしいのか、顔を真っ赤にして俯《うつむ》いている。

カーテシーはしっかりできていたから、挨拶は成功してるよ！　と慰めてあげたいけど今はな……

「ハハハ。この年齢にしてはよく挨拶ができている。話に聞いていた通り、とんでもなく大人びた子たちなんだな。私はスケール侯爵《こうしゃく》家のブレアと言うんだ。この国の軍務卿をやっている。二人ともよろしくな」

いまだに頬が赤いリズの頭をポンポンと撫でながら、ブレア様は挨拶を返してくれた。

「はい、よろしくお願いします」

「お願いします……」

とりあえず挨拶が終わり、ブレア様と一緒に屋敷の中に向かう。

「しかし、こんな小さな二人がゴブリンキングを一撃で倒したとはな」

「私も二人の魔法を見なければ、とても信じられなかったよ」

ヘンリー様が目を細めて答えた。

応接室に移動して話をしていると、リズはようやく自己紹介で噛んだことのショックから立ち直ってきたみたい。ヘンリー様とブレア様の話を聞きながら、お菓子を頬張っている。

「僕とリズだけでは、倒すことはできませんでした。冒険者や騎士の皆さんがゴブリンキングを足止めしてくれたおかげです」

「支援があったにしろ、実際にゴブリンキングを倒したのは君たちだ。私もゴブリンキングの手ごわさはよく分かっている。もちろん、共に戦った者のことも高く評価しているがね」

ブレア様はとても冷静で、他のみんなの戦いも評価してくれているようだから一安心だ。

武術だけでなく、頭も相当切れるんだろうな。

「通常なら、ゴブリンキングが町を襲うことはない。ブンデスランド王国の歴史上、そのような例は確認されなかった。一週間ほど現地調査をしてから王都に向かうがいいか？」

「もちろんだ。襲撃者はまだ口を割らないんだが、どうやら足取りを追うとバイザー伯爵領のほうから来ていたらしい。バイザー家と繋がっている可能性がある」

ブレア様はヘンリー様と調査をするそうで、少し時間ができた。

「明日は襲撃犯の尋問をするから……よかったら明後日、魔導船の中を案内しよう。王都に向かう時にはあれに乗るからね」

「おお、楽しみ！」

「ははは、お嬢ちゃんの期待に応えられるようにしないとな」

早速明後日の予定ができた。ワクワクしながら当日を待つことにしよう。

◆◇◆

二日後。

「うわー、大きいお船だね！」

リズがはしゃいで声を上げた。

今日はヘンリー様とブレア様と共に、辺境伯領に到着した魔導船の見学だ。

全長は百メートルを超えているとても大きな船で、飛行船のように上部には大きな袋のようなものがついている。

「ブレア様、あの袋のようなもので空に浮かぶんですか？」

「なかなかいい着眼点だね。君の言う通り、あれは飛行を助ける補助的な魔導具だよ。実際には魔力を溜めた魔石のエネルギーを推進力にしているんだ」

確かに魔導船の後ろを見ると、飛行機のエンジンみたいなものが付いていた。

「昔は飛行船を使っていたんだが、近年は魔石を動力源にする空飛ぶ船……魔導船が増えてきていてね。とはいえ、こんなに大きな魔導船は珍しいから目に焼き付けておくといい」

ヘンリー様が補足してくれた。

この世界にも飛行船があったんだ。

こんなに大きな船だと、軍事的にも頼りがいがありそうだなあ。

「では、中を見せよう。足元に気をつけて」

ブレア様の先導で、魔導船に入る。

リズがウキウキしていて目を離すと怖いので、しっかり手を握っておこう。

ちなみにスラちゃんは、リズの頭から離れないようお願いしてある。

「船の前方が機関部だ。客室は真ん中にある」

「おお、豪華だ！」

「国王陛下も乗ることがあるからな。客室の一部は貴族仕様にしてある。今回は居住性のテストも兼ねて、ヘンリーと一緒に最高ランクの客室に滞在してくれ」

「やった！」

リズが満面の笑みを浮かべる。

貴賓室《きひんしつ》は凄く豪華な内装だ。とても大きいベッドに加え、使用人用の待機部屋まであった
僕たちが王都に行く時は、ホーエンハイム家の使用人が一緒に乗るらしい。

「アレク君とリズちゃんの身の回りの世話を頼むために連れていくんだ」

「リズ、お兄ちゃんと一緒ならお世話はいらないよ？」

「それだとお兄ちゃんが大変だろう？　たまにはゆっくりさせてあげないと」

リズ……当たり前のように僕にお世話してもらうつもりなのは勘弁してくれ。

ニコニコと話しているけど、ヘンリー様の言う通りだぞ。

貴賓室を出て、船の前のほうへ移動する。

「ここが機関部だ。ここにある魔石からエネルギーを抽出する」

「大きい魔石を使っているのかと思ったんですが……小さいんですね」

「ある程度の大きさの魔石があれば、意外と飛べるんだよ。もちろん、予備はあるけどね」

三十センチくらいの魔石を複数用意すれば動力として十分だそうだ。エネルギー効率がいいのかな。

ブレア様が言う。

「この魔導船でも、ここから王都までは二日はかかる。馬車だと何倍もかかるから早いほうだな」

おおっ！　それは凄い。

「【転移魔法】が使えると楽なんだが……そうした魔法使いは貴重だ。使える者は、たとえ冒険者であろうとも軍で把握している」

「あれ？　お兄ちゃんは【ゲート】が使えるよ？」

「その話は冒険者ギルド経由で報告があった。まだ子どもだから、軍にスカウトするのは我慢するよ」

ブレア様が冗談めかして言った。

魔導船の案内はここで終わりみたいだ。

「ざっとこんなものだな。あとは機密事項だから話せないぞ」

「ありがとうございます。楽しかったです！」

「王都訪問の帰りは、アレク君が【ゲート】を使ったほうが早いだろうな」

「はい、試してみて大丈夫ならそうします」

もし【ゲート】が発動できるのであれば、わざわざ馬車や魔導船を使わなくて済む。

きっとみんなも手間がかからないだろうし、いいことだと思うな。

「ブレア様、魔力で動く馬車ってないんですか？」

「魔導車《まどうしゃ》という乗り物を試作中なんだ。とはいえ、しばらくは普及しないだろう」

町を結ぶ荷馬車代わりになったら、移動が楽ちんだよな……

「今日はここまでだ。予想以上に調査が早く進んでいるから、明後日には出発できそうだぞ」

「何かあったら困るから、冒険者業はお休みだ。明日は妻と娘たちが教会で奉仕作業をやるから、二人はそれを手伝ってくれないか？」

ブレア様の言葉を受けて、ヘンリー様が僕たちに尋ねる。

「治療ならリズに任せて！　なんでも治すよ！」

「リズ、やりすぎない程度にね」

「えー！」

リズは不満そうだが、【合体魔法】での治療はしばらくやめておこう。

◆　◇　◆

翌日。

「これはこれは『双翼の天使』様。よくいらしてくれたのう。教会を代表してお礼を言おう」

奉仕活動に参加するため、イザベラ様とエマさん、オリビアさんと共に教会にやってきた。

司祭のヘンドリクスさんが登場したうえに、僕たちの二つ名が呼ばれたので、気になったのか人が集まってきてしまう。

スラちゃんはその人の多さにビックリして、リズの腕の中でぷるぷると震えている。

「みんなアレク君たちが気になるでしょうけど、まずは作業を終わらせましょうね」

イザベラ様が救いの手を差し伸べてくれた。その一声で周りの人も一斉に動き出す。

「僕たちは治療のお手伝いでいいですか？」

「ええ。治療が終わったら、炊《た》き出し班に合流してくれると助かるわ」

「よーし、頑張るぞ！」

イザベラ様に役割の確認して、張り切るリズと一緒に治療院に向かう。

今日の奉仕活動にはこの町の偉い人の奥方や娘さん、そして有志の町民が参加している。

炊き出しのお手伝いをするイザベラ様たちと別れ、治療を担当するチームに合流した。

「この町に現れた『小さな魔法使い』、『双翼の天使』様か……可愛いわねぇ」

「分からないことがあったら、なんでも聞いてね」

「「はい！」」

僕たちを愛《め》でる御婦人に囲まれながら、治療を始める。

普段は怪我をしても治療院に行けない人も今日はやってくるので、なかなか盛況だ。

「痛くない？」

「すっかりよくなったよ。ありがとうね」

治療した老人に頭を撫でられて、リズは嬉しそうだ。

魔法による治療は僕とリズとスラちゃん、そして治癒師の人たちが中心に動く。他の人は薬草やポーションを使った治療だ。こっそり見てみたらみんなとても手際がよくて、こうした作業に慣れているみたいだ。

「私たち、この間のゴブリン事件の時も手伝っていたのよ。もちろん、二人の活躍も見ていたわ」

「そうだったんですね。あの時は必死で……覚えてなくてごめんなさい」

「いいのよ、二人の魔法の凄さと頑張りは分かっているわ」

あの時は夢中で周りの人を見る余裕もなかったな……

「わあ！　スライムが治してくれるの？」

「僕、スライムのほうに並びたい！」

回復魔法ができるようになったスラちゃんは、子どもたちの人気者だ。

カミラさんの分析では、もともと希少なハイスライムであること、そしてたくさんのゴブリンを吸収したことで一気に成長したのではないかということだった。

治療が終わった子が、スラちゃんを撫でていく。

「今日は坊主がいて助かったよ」

「いつもの奉仕活動は綺麗な御婦人ばかりで、俺らはなかなか行きにくくてさ」

僕のところにはギルドで見たことのある冒険者の人が並びに来た。御婦人方は気にしないと思うけど……どうも気後《きおく》れしてしまうらしく、なかなか治療をお願いできないでいたそうだ。

しばらく頑張っていると、全員の治療が終わった。

「優秀な魔法使いがいると効率がいいわね」

「スラちゃんが子どもたちを見てくれるから助かったわ」

みんなに褒められて、リズとスラちゃんは満更でもない表情だ。

僕らはそのまま、今度は炊き出しの手伝いに向かった。

「お疲れ様です。さすがでしたね」

「二人とも凄ーい！」

オリビアさんとエマさんが拍手する。どうやら僕たちの様子を気にしてくれていたみたいだ。

「今日は重症者がいなかったので、楽でした」

「らくしょー！　今度はこっちを手伝うよ！」

「器によそったものを配ってね。熱いから気をつけるのよ」

イザベラ様の指示で、僕たちはスープの配膳を手伝う。

「はい、どうぞ」

「坊やたち、ありがとうね」

どんどん配ると、お昼前には準備した分がすべてなくなった。

「予想以上にスムーズに進んだわ。これも二人のおかげね」

「リズ、またお手伝いするよ！」

「僕もこれからもなるべく参加します」

「もう……二人とも小さいのになんていい子なのかしら！」

イザベラ様が感激して、僕とリズのことを抱きしめてきた。

このくらいなら全然苦にならないし、魔法の勉強にもなるもんね。

リズも困っている人の役に立てて嬉しいんだろう。スラちゃんと一緒にガッツポーズをしていた。

「大体月に一回のペースで奉仕作業をしているから、また来月お願いね」

「「はーい！」」

初めての教会での奉仕活動だったけど、なんとかうまくいった。

町のみんなのためになればいいなあ。

「さて。明日は朝早く出発するから、二人ともよく寝るように」

夕食が終わると、ヘンリー様から明日の予定を伝えられた。

早起きは得意なので、へっちゃらだ。

「当初は襲撃者の移送も一緒に行う予定だったのだが、今回は安全を考えて見送りだ。そこでアレク君。襲撃者の移送の際、君の【ゲート】を借りられないか？」

「もちろんです！」

確かに偉い人たちが乗った魔導船に、襲撃者も一緒に乗るのは危険だ。

話も終わったので、僕たちは早めに就寝することにした。

「お兄ちゃん、王都ってどんなところ？」

「うーん、この町よりも大きくて人がいっぱいいるのは間違いないよ」

「そうなんだ！　この町も大きいのにねー」

リズと一緒にベッドに入りながら、二人で王都について話をする。

今まで読んだ本には王都に関するものがなかったので、漠然《ばくぜん》としたイメージしかない。

「王都に行ったら、何をするのかなぁ」

「うーん、ヘンリー様やブレア様に確認をしないと分からないけど……ゴブリン事件について聞かれると思うよ」

「いっぱいいたよね！　でも、リズは倒すのに一生懸命だったから、あまり話せないかも……」

多分、僕たちの出自の話もすると思うけど……リズが王都行きを楽しみにしているから、最後まで黙っていよう。

「ふわあ、眠くなってきたよ」

「今日もいろいろ活動したからね。明日は早いからもう寝よう」

リズと抱き合っているうちに、僕もウトウトしてきた。

明日は早いし、しっかりと寝ようっと。

◆◇◆

翌朝。

「「おはようございます……」」

「おはよう。なんだ、もう疲れているのか？」

僕たちはヘンリー様と何人かの使用人と共に、魔導船が待機している町の外れにやってきた。

今日は比較的きっちりした服を着ている。おまけに、イザベラ様にあれこれ荷物を持たされたので、ブレア様に指摘されたように、すでに疲れてしまっていた。

「船内では、立ち入り禁止のエリアには近づかないでくれ」

「「はーい」」

「それから、魔力循環以外の魔法の練習は禁止だ。船内で何かあったら大変だろう？」

魔法が暴発したらとても危険だもんね。リズもよく分かっているので問題ない。

「部屋に入ったら少し休むといい。到着は明後日を予定している。せっかく着替えたところ悪いが、ジャケットは脱ぐんだぞ」

ブレア様に言われて気がつく。

あ、そうか、皺《しわ》にならないように着替えないと。

ヘンリー様たちと共に、先日見た貴賓室に案内されると、僕たちは冒険者用の服に着替えた。

『まもなく出発します。椅子に座るか、近くの手すりに掴まってください』

アナウンスが流れたので、椅子に座る。

シートベルトはないので、念のために椅子の肘掛《ひじか》けを握っておこう。

少しして、フワッと浮き上がる感じがした。

「うわあ……！　お兄ちゃん、お外を見て！　浮いてるよ！」

「本当だ！」

窓の外を見ると、あっという間に町が小さくなっていく。

ゴーッと音がして魔導船が進み始めた。

揺れは少なく、快適な旅になりそうだ。

「私はしばらく書類仕事をする。二人はゆっくりしていなさい」

「はい、お言葉に甘えます」

「もう、眠いよ……」

無事に出発して緊張の糸が切れたのか、リズは目をゴシゴシと眠たそうに擦っている。

僕も眠くなったので、ヘンリー様に挨拶してベッドに潜り込むと、すぐに夢の世界に旅立った。

お昼になり、ヘンリー様と食堂にやってきた。

「二人はさっき起きたのか？」

「思ったより緊張してたみたいです」

「ずーっと寝ちゃったの」

一緒になったブレア様とみんなでテーブルを囲んだんだけど……空飛ぶ船で提供されるとは思えないほど豪華な食事だ。

「船内は火気厳禁だ。地上で料理したものを、機内に持ち込んでいるんだよ」

「火事になったら大変ですもんね」

「お兄ちゃん、このお野菜とってもおいしいよ！」

リズの言う通り、温めただけの料理でも、野菜にソースの味が染みていてとてもおいしい。

「僕には水魔法があるけど……魔導船だとあらかじめ積み込むんですか？」

「ああ。とはいえ、船の積載量《せきさいりょう》に限界があるからな。ワインなどの嗜好品《しこうひん》は地上に着くまでお預けだ」

「魔法袋が使えたら、なんでも持ち込めるよ？」

リズの言葉に、ブレア様が首を横に振った。

「リズちゃんの言うことにも一理ある。ただ、万が一船の中で魔法袋が壊れたら、積載量を急に超える可能性がある。それは危ないだろ？」

確かに……みんな大変だな。

「ヘンリー様、王都のことを教えてもらえますか？」

「私は仕事があるから、侍女に聞いてくれるか？　彼女は王都出身だから、私より詳しいよ」

「お姉さん、よろしくお願いします」

そばに立っていた侍女に頭を下げると、優雅なお辞儀を返された。

「はい、こちらこそよろしくお願いしますね」


昼食後、早速王都のことを教えてもらうことになった。

ヘンリー様の仕事の邪魔にならないように、僕たちは食堂に残る。

スラちゃんも、リズの腕の中で一緒に聞くようだ。

「まず初めに、この国について簡単にお話ししましょう」

「はーい！」

リズが元気よく返事をした。

「すでにご存じだと思いますが、この国はブンデスランド王国。頂点に立つ王族の他に、複数の貴族が自分の領地を治めています」

「ヘンリー様もそうだね」

「はい、リズ様。貴族の中には領地を持たない者もおりますが、ヘンリー様は違います」

このあたりの情報は、前世の社会の授業でちょっとだけやった気がする。

とはいえ詳しくないから、もう少し勉強しないと。

「ブンデスランドの周辺にはさまざまな国があり、国境に接する領地を治めることが辺境伯の役割です。ちなみに、ホーエンハイム辺境伯領の隣にあるのはアダント帝国《ていこく》という国ですよ」

「おお、ヘンリー様って凄いんだ！」

「そうですよ。この国に辺境伯は三人しかいませんので」

なるほど……国境の要所だから、今回の一件に対して軍務卿を派遣したんだな。

「ちなみにブンデスランドの王都は、ホーエンハイム辺境伯領の三倍以上の人口です」

「たくさん人が住んでいるんですね」

「人がいっぱいで迷子になっちゃいそう……」

「リズ様たちはまだ小さいので、なおさらそうかもしれませんね」

これは下手に出歩かないほうがよさそうだ。

「王都には国内のほぼすべての貴族の屋敷があり、ヘンリー様のお屋敷もございます。さすがに領地にある屋敷よりは小さいですけど、それでもかなりの大きさです」

「リズ、お家の中で迷子になったらどうしよう……」

ヘンリー様の屋敷はとても大きい。何日か滞在しているけど、いまだにお家の中の全貌が分からないくらいだ。どれだけの部屋数があるんだろう。

それよりサイズは小さいみたいだけど、僕だって迷いそうだ。

「あちらには、教会や冒険者ギルドの本部があります」

「王都だとギルドもずっと広くなりそうですね」

「建物はとても大きいですが、活動している冒険者の数は辺境伯領のほうが多いですね。辺境伯領には、森や鉱山があるので依頼もたくさんありますから」

王都のほうが、冒険者が活躍できる場所が少ないなんて意外だな。

この先も冒険者として活動するなら、王都よりも辺境伯領のほうがよさそうだ。

「王都には王立学園があり、貴族や商家の子、優秀な平民の子たちが通っています。ヘンリー様の次男様も学園に通っていらっしゃって、来年からはエマ様やオリビア様も入学なさる予定です」

そういえば、ジンさんとレイナさん、カミラさんたちは王立学園の同級生だって、出会ったばかりの頃に言っていたっけ。

お姉さんによると、王都の屋敷はヘンリー様の長男が管理しているらしい。次期領主として、研鑽《けんさん》を積んでいるのだろう。もしかしたら、向こうで会えるかも。

「エマお姉ちゃんたち、学園に行っちゃうの？　離れるのは寂しいけど……お兄ちゃん、【ゲート】で会いに連れていってね！」

リズのおねだりに僕は頷いた。

「今日はここまでにしておきましょう。ゆっくり覚えていきましょうね」

「はい、ありがとうございます」

「ありがとー！」

いろいろと情報を聞けたので、とても勉強になった。

それにしても侍女のお姉さん、かなり物知りだったなぁ。

◆　◇　◆

翌々日。

「凄い、あれが王都なんだ。大きい！」

昼前になると、魔導船から王都の景色が見えるようになってきた。

中心部には王城が建っている。

リズは眼下に広がる光景に、スラちゃんと一緒に大興奮だ。

「それじゃあ、二人とも。着替えて降りる準備をしよう」

「「はーい」」

ヘンリー様に言われて、僕とリズは貴族っぽい襟《えり》付きの服に着替える。

しばらくして、魔導船が王都の郊外にある軍用基地に着陸した。

「軍務卿閣下、ホーエンハイム辺境伯様。お待ちしておりました」

魔導船から降りると、ブレア様とヘンリー様が軍人から挨拶されていた。

よく考えれば、二人ともかなり立場の高い貴族なんだよな。

そんなことを思っていると、ヘンリー様から声をかけられた。

「アレク君。早速で悪いが、【ゲート】ができるか試したい。ホーエンハイム辺境伯領にある我が家と繋いでみてくれるか？」

「はい、やってみます。屋敷のどこと繋げばいいですか？」

「いつも君たちが魔法の練習をしている中庭で頼む」

ヘンリー様から指定された場所を思い浮かべて、【ゲート】を発動する。

「おお、屋敷のお庭だ！」

リズとスラちゃんがパチパチと拍手した。

ブレア様も笑顔で頷いている。

「一発で成功するとはさすがだな。よし、襲撃者を移送するから何人かついてきてくれ」

「「はっ！」」

【ゲート】は発動する時に魔力をたくさん消費するけど、繋げてしまえば意外と魔力を使わない。

ブレア様が【ゲート】をくぐって向こう側に行き、五分ほどして襲撃者を連行してきた。

いきなり王都に連れてこられた襲撃者たちは状況がよく分かっていないみたいで、キョロキョロとあたりを見渡している。そのまま兵によって、収容所に連れていかれた。

「ありがとう、アレク君。帰りは君の【ゲート】ですぐに帰れそうだね」

「でも、行ったことのある場所にしか繋げないので……ちょっと使いにくいですね」

そう言ったら、ヘンリー様とブレア様が首を横に振った。

「とんでもない！　王都と領地を繋げただけでも凄いんだ」

「遠距離になればなるほど【ゲート】を使うのは難しくなる。その点を考えても、アレク君は並外れて優秀な魔法使いだよ」

二人とも褒めてくれたので、嬉しいな。

もしかして、僕なら国の端から端まで繋げちゃうかも……？

「この後は王都の屋敷に移動しよう。王城へ挨拶に行くのは、明日以降だな」

「どうやって移動するの？」

「もうそろそろ馬車が来る。歩いて向かうにはちょっと遠いんだよ、リズちゃん」

少し待つと一台の馬車がこちらに向かってきた。あれがヘンリー様の呼んだ馬車かな。

僕たちの前に止まると、御者《ぎょしゃ》が降りてきた。

「ヘンリー様、お待たせして申し訳ございません」

「いや、ちょうどいいタイミングだ」

「そうでございましたか。では、お屋敷へ案内いたします」

御者は執事服を着ている。もしかして、王都の屋敷の執事かな。

「二人とも、また王城で会おう」

「はい、お疲れ様でした」

「またね！」

ブレア様は仕事があるらしく、基地の中に消えていった。

「それでは出発しようか」

ヘンリー様や使用人たちと共に、豪華な装飾が施された馬車に乗り込む。

馬車は王都に向けてカラカラと音を立てながら進み出した。

「凄いね、人がいっぱいだよ！」

僕も初めて見る王都の町並みに、視線が釘付《くぎづ》けになる。

「このあたりはブンデスランド王国一番の市場だからな。国中から人が集まってくるんだ」

確かにたくさんの品物が並んでいる。

ヘンリー様の説明を聞きながら、馬車に揺られる。

しばらくすると、馬車は大きな屋敷が立ち並ぶエリアに入った。

「大きな屋敷がいっぱいだね」

「ここは貴族街ですか？」

「ああ……といっても下級貴族の屋敷だ。うちの屋敷はもっと王城に近いところにあるよ」

窓から見える王城が大きくなってきたところで、馬車が止まった。

「さあ、着いたぞ」

ここがヘンリー様の王都の屋敷かぁ。

確かに辺境伯領にある屋敷のほうが大きいけど、この屋敷もとても広い。

ヘンリー様に続き、僕とリズとスラちゃんも馬車を降りた。

「うわあ、お庭がとっても綺麗！」

手入れされた庭を見て、リズが感嘆の声を上げる。

「王都の屋敷にも常に客が訪れるからね。屋敷の外観を整えるのは、貴族としての嗜《たしな》みさ」

執事曰くヘンリー様宛に手紙が来ているそうなので、僕たちは侍女のお姉さんと応接室に向かった。

しばらく待っていると、すぐに部屋のドアがノックされた。

中に入ってきた青年を見て、リズが怪訝な顔をする。

「あれ？　ヘンリー様……じゃない？　お兄さん、だあれ？」

「おや、もう分かったか」

確かに、どことなくヘンリー様と似た雰囲気がある青年だ。

僕とリズは立ち上がって挨拶をする。

「初めまして、アレクサンダーです」

「エリザベスです」

「小さいのにきちんと挨拶ができて偉いな。私はホーエンハイム辺境伯の息子で、ジェイドというんだ。父から君たちの話は聞いているよ。よろしくな」

「「よろしくお願いします」」

ヘンリー様の息子さんか。だから似ているんだ。

「この分なら、君の変装もばれていないんじゃないのか？　……そこで侍女のフリをしているのは私の婚約者《こんやくしゃ》、ソフィアだ」

「二人とも、改めてよろしくね」

ニッコリと微笑んだ侍女――ソフィアさんがお辞儀をした。

「ええ!?　この人がお嫁《よめ》さん？」

確かに普通の侍女とは雰囲気が違っていたけど……

もしかして、僕たちを驚かせようとしたのかな。

「ソフィアは私が王立学園に通っていた頃の同級生だ。ケーヒル伯爵家のご令嬢でね」

「将来の勉強のために、ヘンリー様付きの侍女として勉強中なんです」

ジェイドさんとソフィアさんが教えてくれた。

「そうだったんですね。他の使用人の方とは何か違うと思っていました」

「すっごく礼儀正しいよね。あと、とーっても頭がいいの！」

伯爵家のお嬢さんなら王都に詳しいのも納得だ。

嫁入りするために、辺境伯領について勉強しているんだな。

僕たちが和気藹々《わきあいあい》と話していると、焦った表情のヘンリー様が駆け込んできた。

「アレク君、リズちゃん！　すまないが、私と一緒に王城に向かってくれ。治療を必要としている方がいるのだ！　力を貸してほしい。一刻を争うんだ！」

それは大変だ。

僕たちは急遽《きゅうきょ》王城に向かうことになった。

作ってもらったサンドウィッチを食べながら、馬車に乗り込み移動する。

「ヘンリー様。僕たち、誰を治せばいいんですか？」

「先の陛下の妹君と、現陛下のご息女《そくじょ》だ。どうも毒を盛られたらしい……今回は最初から【合体魔法】を使っていいからな」

これは思ったよりも大事件だぞ。

少しして、王城に到着した。

王城内に入ると、先ほど別れた軍務卿のブレア様と共に、見知らぬ白髪の老人が待っていた。

「おお、辺境伯。到着したばかりで呼び出してすまんな」

「いえ、ことは急を要します。二人とも、この方は国の宰相《さいしょう》だ」

「初めまして、アレクサンダーです」

「エリザベスです」

「ふむ。噂通り、とても礼儀正しい子どもたちじゃな。儂は宰相をしておるニースじゃ。すまぬが儂に付いてきてくれ。医務室に二人がおる」

ニース宰相に先導されて、医務室を目指す。

スラちゃんは、リズの腕に大人しく抱かれている。

「ブレア様、犯人は分かっているんですか？」

「いいや。情報が少なくてな……調べているところだ」

二人の様子がおかしくなったのはお昼過ぎぐらいらしい。

医務室の入口には、兵が見張りに立っていた。

僕たちはニース宰相とブレア様、ヘンリー様に続いて中に入る。

「陛下、二人をお連れしました」

「おお、ヘンリーか。待っていたぞ！」

ちょっと待って、今、「陛下」って言ったよね？

ベッドの脇《わき》に座っていた男性が立ち上がり、こちらを向く。

金髪のショートヘアで、逞《たくま》しい体つきだ。

そのそばのベッドには、年配の女性と、僕たちと同じくらいの年頃の女の子が横になっていた。

医務室の中には陛下の他にも数名いて、みんな涙ながらに二人を見ている。

「お初にお目にかかります。アレクサンダーと言います」

「エリザベスです」

「小さいのにいい挨拶だ。ささ、二人の様子を見てくれ」

「はい。まず、【鑑定】を行ってもいいですか？」

「分かった。君たちの実力はヘンリーから聞いている。頼んだぞ……！」

僕は【鑑定】を発動し、二人の体を観察する。

「彼女たちは複数の毒を飲んでいます。毒が入っていたのは……バイザー伯爵家からの献上《けんじょう》品《ひん》……!?」

「なんと、そこまで分かるのか!?　並外れた魔法使いだという報告は本当だったんだな……確かに、先日バイザーから菓子が届いておった。二人が口にした可能性は十分にあるが、毒見しているはずだぞ……？」

「すぐに献上品を調べましょう。特定の条件下でのみ効力を発する特殊な毒かもしれません」

ブレア様が見張りの兵を呼び寄せて、指示を出す。

この事件に、僕の実家であるバイザー家が絡んでいるのは間違いない。

思わず唇を噛み締める。

ともあれ、まずは治療をしないと……

僕とリズが魔力を溜め始める横で、スラちゃんがぴょんぴょん跳ねた。

「お兄ちゃん、スラちゃん、『回復魔法を手伝う』って言いたいみたい！」

「そうだね。今回は僕たちの全力でやろう！」

僕とリズ、そしてスラちゃんの【合体回復魔法】を二人に放つ。

ピカーッと医務室に光が満ちた。

「おお、なんと凄まじい光だ」

ヘンリー様以外の人は、初めて僕たちの【合体魔法】を見る。

陛下を含めて、みんな呆然としているようだ。

しばらくすると、ベッドで眠る二人の顔色がかなりよくなった。再び【鑑定】をすると、どうやら峠《とうげ》を越えたみたいだ。

「ふう。お二人とも、もう大丈夫です」

「二人の顔色がとてもよくなった。アレクサンダーにエリザベスよ、感謝する」

陛下が感謝の言葉を述べた。穏《おだ》やかな寝息を立て始めた二人の様子を見て、他のみんなもほっと一息つく。

でも、僕はとても複雑な心境だ。

治療を終えた僕たちは王城内の一室に案内された。ヘンリー様はもちろんのこと、陛下やニース宰相、ブレア様も同席している。

「まずは改めて二人に礼を言おう。小さいながら、よく対応してくれた」

陛下からお礼を言われたが、心の中はもやもやしたままだ。

そんな僕に、ヘンリー様が声をかけてきた。

「アレク君、君は実家がこの事件に絡んでいることを気にしているんだろう？」

「はい……」

「今、君たちのことは、我が家……ホーエンハイム家が保護しているんだ。何があっても絶対に守るから、気に病《や》むことはない」

「ありがとうございます、ヘンリー様」

その時リズが、小さな声で尋ねてきた。

「お兄ちゃん、お話に出てくる『バイザー伯爵家』って、もしかして私たちがいたお家のこと？」

「そうだよ、よく分かったね」

「なんとなく分かったの。具合が悪かった二人から、あの嫌な感じがしていたから」

リズは勘が鋭いから、何かを感じ取ったのだろう。

しょんぼりしてしまった彼女を、僕はしっかり抱きしめる。

「出自はしばらく伏せておこう。君たちの功績は叙勲《じょくん》に値するものだ。本当なら王家として正式に礼をしたいところだが、あまり目立つとバイザー伯爵家が何をしでかすか分からん。表向きは辺境伯家で保護されている子どもという立場のままにしておく」

「よろしくお願いします」

今はヘンリー様の保護下で大人しくするのがベストだと思う。

「二人の出自や今後の扱いについては、明日改めて説明させてくれ。もしかしたら此度《こたび》の暗殺未遂と、辺境伯領の襲撃、そして二人を森に捨てたことが繋がるかもしれない。そちらについても調べておく」

「軍部でもその可能性があると考えております。辺境伯領を襲撃した者は、すでにバイザー伯爵との繋がりが判明しております」

ブレア様、辺境伯領での現地調査でしっかり証拠を見つけていたんだ。

屋敷を襲撃した偽騎士……なんらかの手段で【鑑定】をごまかしていたし、気になるよね。

「おお、そうだ。今回の治療は、きちんと指名依頼として処理させる。報酬もちゃんと支払うから心配は無用じゃ」

「ありがとうございます」

「ありがとう、ニース様！」

ニース宰相の話にリズが元気よく両手を挙げた。

報酬に喜んでいるというより、冒険者としてまた一つ依頼をこなせたことが嬉しいのだろう。

話も終わったので、今日はこれで解散だ。明日、また改めて王城に伺うことになった。

「お帰りなさいませ」

屋敷に戻った僕たちを執事が出迎えた。またしても応接室に通される。

そこには一人の少年がいた。

ヘンリー様と少し顔立ちが似ていて、ジェイドさんよりは若い。

何やら制服を着ているので、もしかして……

「アレク君とリズちゃんだね。僕はマイクと言う。この間は妹……エマたちが世話になったね」

やっぱり、王立学園に通っているというヘンリー様の次男か。

「初めまして、アレクサンダーです」

「エリザベスです」

「『小さな魔法使い』または『双翼の天使』か……二つ名の通り、可愛らしい子たちだね」

気さくな性格のようで、僕たちに明るく声をかけてくる。

「二人の歓迎《かんげい》で、今夜はごちそうらしいよ」

「ごちそう？　やったー！」

リズが両手を上げて喜び、スラちゃんも触手を振り上げた。

「アレク君、リズちゃん、お帰りなさい。部屋が用意できたから、案内するわね」

相変わらず侍女の格好をしているソフィアさんが入ってきて、僕たちの手を引く。

割り当てられた客室には、大きなクローゼットや広いベッドが設置されていた。

「お着替えしたら、みんなでご飯にしましょうね」

「わーい！　ごちそう楽しみ！」

僕とリズは普段着に着替え、食堂に向かう。

しばらく待っているとヘンリー様がやってきた。

「今日は臨時で王城に向かってもらったが、無事に解決できてよかった。アレク君たちのおかげだ。

ただ、今回の件についてはくれぐれも内密にな」

僕はもちろん、リズもこういった約束は守る子だから注意すれば大丈夫……って、駄目だ。

すでにリズの意識は目の前の料理に向いてしまっている。

「難しい話はやめて、食べるとするか」

「わーい！」

苦笑したヘンリー様が言うと、早速リズがフォークを取った。

「あ、こらっ！　ご飯の前の挨拶がまだ……すみません、ヘンリー様」

「子どもらしくていいじゃないか。息子たちも、小さい時はこんな感じだったぞ」

ヘンリー様の言葉に、ジェイドさんとマイクさんがそっぽを向いた。

その様子に、ソフィアさんがいいものを見たと言いたげな笑みを浮かべる。

ちなみに今の彼女は、貴族の令嬢らしい可憐《かれん》なドレス姿だ。

「肉汁たっぷりで、すっごくおいしい！」

「うんうん。王都は国中からおいしいものが集まっているからね」

「辺境伯領の料理も負けてないよ！」

「そうか。それは嬉しいことだ」

ヘンリー様が笑みを浮かべた。

ニコニコと料理を頑張るリズとスラちゃんを見つつ、僕たちも食事を始める。

本当に、とてもおいしい料理ばかりだ。お腹が空いていたのもあって、あっという間に食べ終えた。

◆　◇　◆

「昨日はゆっくり見られなかったけど、お城ってすっごく大きいね」

翌朝、僕とリズはヘンリー様と共に、改めて王城にやってきた。

昨日は治療のことで頭がいっぱいだったから、内装を楽しむ余裕がなかった。

王城ではたくさんの人が忙しなく働いている。

僕とリズはブレア様が連れてきた魔法使いに【鑑定】してもらったあと、ヘンリー様と昨日の部屋に招かれた。

紅茶とお菓子を出されたものの、なんだか緊張してしまって食べられない。

「お兄ちゃん！　このお菓子、すっごくおいしいよ」

リズとスラちゃんは、まったく緊張していないみたいだ。

「よかったね……僕の分も食べていいよ」

……と、そこに陛下がやってきた。

ヘンリー様が立ち上がって一礼したので、僕とリズも慌ててお辞儀をする。

「昨日に続いてすまんな。あの時は自己紹介をする暇さえなかった……余《よ》の名前はガイア・ブンデスランド。『小さな魔法使い』、アレクサンダーとエリザベスよ。よろしく頼む」

「いえ、お忙しい中時間を取っていただき、ありがとうございます」

昨日きちんと見なかったけど……陛下はリズと同じ、鮮やかな金髪だ。

スマートな体格で整った顔立ちなので、若い時はさぞモテただろうな。

「おや？　なんだかすっきりした表情だな」

「はい、悩むのはやめました。まずは自分とリズのことを、一生懸命考えようと思います」

「うむ、それでいい。二人はまだ幼い。大人の事情は気にせず、自分のことに集中すればいいのだ」

昨夜、眠ったリズを見ているうちに、僕の中で覚悟が決まった。

僕にとって一番大切なのは、幼い頃から一緒だった大切な妹分と楽しく暮らしていくことだ。

これからは実家に囚《とら》われず、リズと生きる方法を見つけていきたい。

そんな話をしていると、ニース宰相と軍務卿のブレア様が入ってきた。

「陛下、アレク君たちの身元について、確認が取れました。我が軍の魔法使いに【鑑定】させたところ、間違いなく《アレクサンダー・バイザー》と《エリザベス・オーランド》であるとのことです。二人とも、数年前に死亡届が出されているようですが……」

「そうか……やはり、現バイザー伯爵家当主夫妻が怪しいな。やつらには、二人の両親の殺害に関する疑惑もある。調査官を派遣して、調べさせよ」

どうやら、ブレア様がいろいろと調べてくれたみたいだ。

「お兄ちゃん、どういうこと？」

「僕とリズは、もう死んだことになっていたんだって。それも何年も前にね」

「えー、何それ！」

スラちゃんと一緒にぷんぷん怒り出した。僕だって、勝手に殺さないでくれと言いたい。

賢いリズはこれまでの話で気づいているかもしれないけど、改めて、僕たちは実の兄妹ではないこと、両親は死んでいることを伝えた。

「僕とリズはいとこなんだって。僕のお父さんとリズのお母さんが兄妹なんだよ」

「そうなんだ……いとこでも、リズのお兄ちゃんはアレクお兄ちゃんだもん！」

ニース宰相もブレア様もヘンリー様も、僕たちのやり取りを見てクスクスと笑っている。

「陛下、僕たちはこれからどうすればいいんですか？　リズと離れ離れになるのは嫌です」

「そんなことはしないとも。今まで通り、ホーエンハイム辺境伯領で暮らすがいい。時折王城に来てもらいたいが……そちらにいる間は、ヘンリーが身元保証人になるとのことで話はまとまっている」

「冒険者は続けていい？」

リズが尋ねると、陛下は頷いた。

「ただし、討伐系の依頼はもう少し成長してからにしてくれ。実力があるとはいえ、こちらとしても心配だからな」

僕たちの話が一段落すると、ニース宰相が陛下に書類を差し出した。

「こちらの準備も整いましたぞ、陛下」

「うむ……ヘンリー、二人の保護者は彼女になるからな」

「これはまた、強力な後ろ盾だ」

陛下に書類を見せられたヘンリー様が、苦笑している。

一体なんだろう？

「昨日、アレクたちが治した二人の話を聞いたか？」

「はい、前国王陛下の妹様と陛下の娘様ですよね？」

「それを知っているなら話は早い。実は前国王の妹……つまり余の叔母上《おばうえ》は、リズの祖母だ」

「え？　リズのおばあちゃん？」

リズとスラちゃんがビックリしている。

「そうだ。両親を亡くした今、リズの保護者は叔母上になるのだ。今回の件を話したら、『アレク君の保護者も任せてくれ』とのことだった。先ほどの書類はその手続きだ」

昨日助けたご婦人が、リズの祖母だったなんて。

さらには、僕の母親もまた王族の傍流《ぼうりゅう》の出らしい。僕にも王家の血が流れていたことも、今回の決定の後押しになったそうだ。

「さて、叔母上たちが昨日のお礼をしたいと待っている。昼食の支度をしてあるから、会ってくるがよい。余はニースとブレア、ヘンリーと共にまだやるべきことがある。これは大人の仕事だからな」

陛下たちに頭を下げて、僕たちは別の部屋に向かった。

案内する使用人の背中を追って階段を上ると、王家の人たちの私室があるエリアに出た。

使用人が豪華な装飾の施された扉を開ける。

品のいい調度品が並んだ部屋の中には、昨日助けたおばあさん……リズの祖母と女の子、そして医務室にいた人たちがいた。

「二人とも、こちらにいらっしゃい」

「「はい」」

僕もリズも緊張で顔がこわばったけど、なんとかおばあさんの前に立った。

「初めまして、アレクサンダーです。アレクと呼んでください」

「エリザベスです。リズって呼んでほしいです」

「ふふ、二人とも可愛いわね。私はティナ、リズちゃんのおばあちゃんね」

ティナ様は、にこやかに僕たちを迎えてくれた。

白髪が交じった金色の髪を編《あ》み込んでいて、とても気品あるおばあさんって感じがする。

他の人たちも挨拶をしてくる。

「私は第一王妃《おうひ》のビクトリアよ。こちらは息子のルーカスと娘のルーシー。八歳と六歳よ」

「そして私が第二王妃のアリア。昨日は娘のエレノアの命を救ってくれて本当にありがとうね。エレノアは、アレク君とリズちゃんと同じで今年四歳になるのよ」

医務室にいたのって、みんな王家の人たちだったんだ。

ビクトリア様は薄い金髪のロングヘアで、アリア様はピンク色のセミロングヘアがよく似合っている。二人とも、プロポーション抜群《ばつぐん》だ。

堂々とした王妃様たちとは反対に、子どもたちは少しもじもじしている。

スポーツ刈りの子がルーカス様、ロングヘアの女の子がルーシー様かな？

昨日助けた女の子は、アリア様の陰に隠れていて、金色の髪とドレスの裾だけがちらちらと見えている。

王家の血を引く人って、みんなリズに似た鮮やかな金髪だ。もしかして遺伝かな。

みんなの自己紹介が終わると、ティナ様が言う。

「アレク君は実家が起こしたことに戸惑っていると聞いたわ。でも、あなたは私を治してくれた恩人なのよ。そのうえ孫をずっと守ってくれて……心から感謝するわ」

「僕、これからもリズのことは絶対に守ります」

「ええ。でもね、あなたはまだ小さな子どもなの。お兄ちゃんとして頑張ってきたのでしょうけど、これからは私が保護者になりますからね。大人に甘えてちょうだいね」

ティナ様が僕とリズを抱きしめた。

とても温かい気持ちになり、ティナ様の胸の中でポロポロと泣いてしまう。

リズも一緒に泣いているのかな。鼻をすする音が聞こえた。

「孫が生きているって分かって、とっても嬉しかったの。亡き息子から、アレク君のお父さんとリズちゃんのお母さんが、仲良しだったと聞いているわ。私にとってはアレク君も孫みたいなものだわ……だからね、私のことはおばあちゃんって呼んでほしいの」

「ええっと……おばあ様と呼ばせてください」

「ええ、ええ。徐々に慣れていけばいいわよ」

「リズはおばあちゃんって呼ぶね！」

「あらー！　リズちゃん、ありがとう」

リズは緊張がほぐれてきたようで、ティナおばあ様に向かってにっこりと微笑んだ。

おばあ様は旦那さんを亡くし、それ以来この王城で暮らしているそうだ。

ふと、エレノア様のことが気になった。

「アリア様、エレノア様のお加減はどうですか？」

「まったく問題ないわ。もともと持病があったのに、それもすっかりよくなったみたいなの。本当にありがとう」

「そうですか。それはよかったです！」

すると、アリア様にくっついてもじもじしていたエレノア様がこちらにやってきた。

「あのね、昨日はエレノアを治してくれてありがとうなの」

「うん、元気になってよかったです。エレノア様」

「……あのね、エレノアって呼んでほしいの」

えっ？　王女様を呼び捨てにするってまずいような……

「本人の希望なんだもの。呼んであげて」

僕が困っていたら、アリア様が助言をくれた。

「えっと、それじゃあエレノア、よろしくね」

「うん。えへへ、お兄ちゃん」

どうやら助けた僕に懐いてくれたみたい。

ところが、エレノアが僕を「お兄ちゃん」と呼んだ途端、リズの眼差しが鋭くなった。

「駄目なの。リズのお兄ちゃんだから、そうやって呼んじゃ嫌！」

「エレノアだって、お兄ちゃんって呼んでもいいよね？」

僕を見つめてエレノアが聞いてきた。

「うー……お兄ちゃんって言っていいのはリズだけだもん！」

「じゃあ、エレノアはアレクお兄ちゃんって呼ぶの。ルーカスお兄ちゃんとルーシーお姉ちゃんもいるから一緒なの」

それぞれ僕の腕を取って、バチバチと火花を散らしている……

腹違いの妹がリズを睨んでいるものだから、ルーカス様とルーシー様がオロオロし始めた。

対しておばあ様たち大人組は、面白いものを見たとでも言いたげに目を輝かせる。

「あら、私の孫はモテモテね」

「まだ四歳なのに女の戦いに巻き込まれるなんて……将来はどうなるのかしら？」

「こんなに積極的なエレノアは初めて見たわ」

みんなで好き勝手言い合い、完全に傍観者だ。

止める人がいないから、リズとエレノアがどんどんヒートアップしていく。

「お兄ちゃんはリズと結婚するの！」

「アレクお兄ちゃんはエレノアと結婚するの！」

ついには結婚とか言い出した。

これ、本人たちは意味が分かってないんじゃ……

「はいはい、二人ともそこまでにしてね」

「アレク君が困っているわよ」

ビクトリア様とアリア様が、ようやくリズとエレノアを引き離してくれた。

ルーカス様とルーシー様が僕のところにやってくる。

「僕より小さいのに、すっごいモテモテじゃん！」

「エレノアがあんなにはしゃいでいるの、私、初めて見たわ」

なぜか二人とも、僕のことを尊敬した目で見てきた。

さて、一度は引き離されたリズとエレノアだったけど、昼食になったらすっかり僕のそばに戻っ

てきてしまった。

「お兄ちゃん、お口あーんってして！」

「アレクお兄ちゃん、あーん！」

僕を挟んで座り、ご飯を食べさせようとしてくる。

「ふう、やっと業務が一息ついた……って、なんだこの状況は？」

合流した陛下が目を白黒させた。

さっきまでの出来事を知らないので、何がなんだか分からないようだ。

「エレノアにはどうもアレク君が白馬の王子様に見えているようですわ」

「なるほど、それでこの状況か……エレノア、余にも食べさせてくれないか？」

「いや！」

アリア様から説明を受けた陛下は、エレノアを引き離そうとしてくれたのだろう。ただ、娘に速攻で断られてしまった。

「ほら。アレク君が食べにくいから、二人とも少し離れましょうね」

「うー、分かった……」

「はい、おばあ様」

ティナおばあ様が手助けをしてくれたので、僕はやっと解放された。

「アレク君、リズちゃん。今後は週に一度、王都に来てね。私もエレノアも二人に会いたいわ」

「もちろんです、ティナおばあ様。どこか【ゲート】を繋いでもいい場所を教えていただけますか？」

「この部屋はどうかしら？　私の自室だから、まったく問題ないわよ」

いや、さすがにそれはまずいのでは……と思ったけど、断れる雰囲気ではなかった。

「ハハハッ、それでリズちゃんはこんなにもむくれているんだな」

昼食を終え、僕とリズ、そしてスラちゃんはティナおばあ様の部屋を出て、ヘンリー様のところに向かった。

リズはエレノアとのやり取りですっかり機嫌が悪くなってしまい、僕の腕にべったりとくっついたまま離れようとしない。

「エレノアは病気がちで苦しい思いをしていたからな。君たちのおかげで病気まで治ったゆえ、すっかり惚《ほ》れてしまったんだろう。まあ、子どものことだ。じきに大人しくなるであろう」

一緒についてきた陛下は楽観視しているけど、この騒ぎはもう少し続きそうな気がするよ……

「さて、真面目な話をしよう。アレクとリズには、今後王城に来た時に、余の子どもたちと共に勉強をしてもらう。今のところ、第三の日を予定している」

第三の日……前世の言い方で呼ぶと、水曜日か。

「では、その日におばあ様のお部屋に転移すればいいってことですね」

僕はまだまだこの世界の知識が乏《とぼ》しい。王城での勉強会は、とても役立つはずだ。

「リズの誕生日はエレノアと同じ九月だが、それまでに事件が片付くかどうか……厳しい場合は、自室で誕生日会を開けるよう手配させる」

「助かります」

なんにせよ、バイザー伯爵家のことが片付かないと僕たちの存在は公《おおやけ》にできない。調査の進展を待つしかないよね。

「明朝に調査官と兵を我が領へ派遣することになっていてね。そこを拠点にバイザー伯爵領を調べていくんだ。アレク君の【ゲート】を使いたいんだが、お願いできるかい？」

「もちろんです、ヘンリー様。僕、王城に行ったらいいですか？」

「いや。ヘンリーの屋敷を訪問するように、余が命じておく。アレクたちはそのまま向こうに戻ることになるだろうからな」

おお、王城に行かなくてもいいのか。それはラッキーだ。

「では、次の第三の日にまた伺います」

「忘れると叔母上とエレノアが拗ねるぞ……また会おう」

なんとなく、約束を忘れたらティナおばあ様は辺境伯領に乗り込んできそうな気がする。気をつけよう。

その後、僕たちはヘンリー様と共に王城を後にした。

屋敷に戻ると、僕たちの扱いについてヘンリー様がジェイドさんとソフィアさんに説明した。

王立学園に行っているマイクさんには、後で説明をするそうだ。

「ハハハッ、早くも三角関係か」

「小さいといっても女の子ですから。恋に早い遅いはないですよ」

ジェイドさんの呑気《のんき》なコメントに、ソフィアさんが反論した。

ヘンリー様ときたら、リズとエレノアの争いまで説明したのだ。

おかげでリズがまた僕にギュッと抱きついてきた。

なぜか、スラちゃんまでリズのマネをしてくっついてくる。

「リズちゃんはライバルがいっぱいだ」

「うう……お兄ちゃんのお嫁さんはリズだけでいいの！」

ソフィアさんの発言で、リズがさらに不機嫌になった。

リズ……そんなに僕を睨まないでよ。

結局リズは一日中べったりになってしまい、寝る時もいつも以上に抱きつかれたのだった。

◆◇◆

翌朝、ヘンリー様の屋敷に役人が一人と兵士が二人やってきた。

ホーエンハイム辺境伯領に向かい、その後現地調査を行うそうだ。

ティナおばあ様とエレノアに対する毒物混入の件については、王都の調査チームが秘密裏に調べを進めるとのことだった。

「これから王都も忙しくなる。ジェイドの補佐として、ソフィアもこちらに残ってくれ」

「はい、ヘンリー様。王城と連絡を取り合って対応いたします」

もちろん、ゴブリン襲撃の件もある。

襲撃者は王都に移送したので、新たに何か分かったら嫡男《ちゃくなん》のジェイドさんとソフィアさんが確認してくれるそうだ。

「マイクも学園で話を聞いてみてくれ。意外な事実が分かるかもしれない」

「バイザー伯爵と親しい貴族家の子が、何か知ってるかもしれませんしね。探ってみます」

マイクさんは社交的だし、こういう情報収集には向いてそうだ。

「私は領地に戻るが……何かあったらすぐに連絡を入れる。王都のことは頼んだぞ」

そうして僕たちとヘンリー様、調査官は【ゲート】でホーエンハイム辺境伯領に帰った。

「お帰りなさいませ、ヘンリー様」

「王都の調査官が滞在することになった。部屋を用意してくれ」

屋敷の庭に【ゲート】を繋ぐと、すぐに執事が駆けつけてきた。

ちなみに兵士たちは、門付近の詰所に滞在するそうだ。

「イザベラとエマたちに、二人のことを話さないと。世話になっている冒険者たちにもな」

「ジンさんたちにですか？」

「冒険者として活動する時は、君たちの保護をお願いすることになる。なに、彼らは私もよく知っているし、口もとても堅い」

ちなみにギルマスや司祭様、騎士団長にはヘンリー様から話を通しておいてくれるらしい。

ジンさんたちには午後に来てもらうことにしたので、先にイザベラ様とエマさんとオリビアさんに僕たちの出自の話をする。

「そう、でもリズちゃんのおばあ様が生きていてよかったわ」

「私たちが王立学園に行っても、王都で会えるんだね！」

「離れるのは寂しいなと思っていたんです！」

うん、ホーエンハイム家の三人はエレノアのことには触れないでくれた。

一晩経ってリズの機嫌が直ったとはいえ、何かの拍子にまた機嫌が悪くなったら大変だ。


午後になって、ジンさんたちがやってきた。

「そうか……アレクは大変だな。その歳で奪い合いになるなんて」

「リズちゃん、ファイト！　大丈夫だよ、こんなにお兄ちゃんと仲良しなんだから」

ジンさんはエレノアのことに触れちゃったけど、カミラさんがうまくフォローしてくれた。

冒険者のみんなには、僕とリズの呼び方も接し方も今まで通りにするようお願いした。

僕たちがもしかしたら貴族の子どもじゃないかというのは、初めて会った時から思っていたらしい。

「王家の人にそっくりなリズの金髪もそうだが……アレクの言葉遣いは平民の家で育ったにしちゃ丁寧だったからな。それに、二人ともとんでもなく大人びているから、苦労してきたことは分かってたぜ」

「何か事情があるんだろうなとは察していたわ」

ジンさんもレイナさんも、さすがだな。

「明日、初心者向けの武器講習があるのよ。よかったら参加しない？　冒険者としても戦闘の幅が広がるしね」

「おお、どんな武器がいいかな？」

レイナさんからのアドバイスに、リズがワクワクしている。

魔法使いのカミラさんたちも武器で戦えるんだ。自分に合う武器を探してもいいかもしれない。

剣術は貴族の嗜みだと聞く。しっかり訓練しないと。

◆◇◆

そして翌日。

今日は冒険者ギルドの初心者向け武器講習だ。リズとスラちゃんと一緒にギルドへ向かう。

「僕たち、【身体強化】すれば大きい武器でも使えるけど、最初は自分に合ったものにしようね」

「うー、リズはかっこいい武器にするんだもん！　大きいやつがいい！」

ゴブリンの襲撃と王都訪問で騎士や兵士を見てきたリズが、かっこいい剣が欲しいとごねる。

あとで誰かに説得してもらえないかな……

「ゴブリン退治の報酬計算が終わったの。今渡しても平気かしら？」

講習の受付をしたら、ゴブリン退治の報酬を渡された。

「ありがとうございます。また、半分ずつでお願いします」

「そうかなと思って、最初から二つに分けておいたわ。王都での指名依頼については、手続きが終わり次第、また支払うから」

ずっしりと重たい袋なので、結構な金額のようだ。

それだけ、ゴブリンキングを倒したのは凄かったんだね。

「すでに訓練場に今回の講師がいるから、もう行っておく？」

「はい、そうします」

受付のお姉さんの提案で、僕たちは訓練場に入る。

「おお、二人とも早いな」

「あれ？　今日の講師はギルドマスターですか？」

訓練場にはギルドマスターのベイルさんが待っていた。

「おう。武器全般の扱いならジンより俺のほうが詳しいからな。ジンたちはヘンリー様からの指名依頼に出てるんだ」

もしかして、調査官の人と一緒にバイザー伯爵家について調べているのかな。

僕は小声で話す。

「ジンさんたち、これから忙しくなりそうですね」

「そうだな。しかも内容が内容だけに、しばらくは指名依頼が続くだろう」

ベイルさんも僕たちの事情を分かってくれているみたい。

リズがたくさん並んだ武器を眺めてる。

「凄いね。いっぱい種類があるよ」

「冒険者は用途に応じて扱う武器を変える。お前らは貴族だから、ゆくゆくはしっかり剣術を学ぶだろう。ただ、今は自分のスタイルに合った武器を選べばいい」

「ロングソードってこれ？」

「それはファルシオンだ。安価で狩猟《しゅりょう》にも使えるから、冒険者にも人気の武器だ」

「ふーん、そうなんだ！」

リズは【身体強化】をかけて、ファルシオンをぶんぶん振り回している。

「こらっ、振り回したら駄目だって！」

危ないので注意したけど……かなり気に入っているみたいだ。

スラちゃんも武器を興味深く見ている。触手でロングソードを持ち上げているので、もしかしたら使えるのかも。

そうしていると、参加者が集まってきた。

幼女とスライムがぶんぶん剣を振り回している光景にビックリしていたが、ギルドマスターから無視するよう言われて落ち着いた。

リズとスラちゃんがどうもすみません……

「これから午前を使って武器の講習を行う。今日紹介する武器は、すべてギルド内で購入可能だ」

二十人ほど集まったところで、ギルドマスターによる武器の講習が始まった。

メンバーは僕たちよりも少し年上の子どもや女性がほとんどだ。男性冒険者は自分で武器を決めることが多いとのことだった。

「全員少なくともナイフは持っておけ。冒険中に何かと便利だ」

そういえば、確か初心者セットにナイフもあったっけ。

「単純な戦闘なら、リーチが長い分、剣より槍《やり》のほうがいい。グレイブを使う手もある」

確かに、王城にも槍を持った兵がたくさんいたな。

「剣を使いたいなら片手剣は扱いやすくておすすめだ。さっきリズが振り回していたのはファルシオンだが、これは鎌《かま》や斧の代わりにもなる。メイスや棍棒《こんぼう》も、技術がいらない分扱いやすいな。あとはダガーかな」

今回集まった中には、護身用の武器を探している人もいる。どういう用途で武器を使うのかによって、得物が変わりそうだ。

「魔法使いなら、頑丈な杖《つえ》を棍棒の代わりにするって手もある。弓や鞭《むち》は扱いが難しいので、初心者にはおすすめしないぞ……各武器の取り扱いを簡単にまとめた。これを参考にして、各自で武器を選んでみてくれ」

説明用紙をもらって、それぞれ武器のサンプルを見に行く……メイスやダガーを選ぶ人が多いみたいだ。

「リズはこれにする！」

リズはすっかりファルシオンが気に入った様子だ。

ちなみにスラちゃんはロングソードにするらしい。

僕もいろいろと試してみたんだけど……

「アレクなら、ダガーの二刀流もいいな」

「えっと、こんな感じですか？」

ダガーを構えてみる。

「おお、お兄ちゃんかっこいい！」

リズが褒めてくれたので悪い気はしない。

ベイルさんのおすすめもあって、僕はダガーの二刀流を目指すことにした。

その他の人も、武器が決まったみたいだ。

「冒険者にとって、武器は冒険の相棒になる。手入れをして大事に使えよ」

最後にベイルさんが総括して、講習はおしまい。

解散となり、ギルド内の売店に向かう。

「ダガー二本とファルシオン一本、あとロングソードをください。腰に差したいので、ベルトもお願いします」

「すまないね、ロングソードは売り切れているんだよ。ダガーとファルシオンはすぐに用意するから」

あらら、スラちゃんががくりと落ち込んでしまった。

後でヘンリー様にロングソードを用意できないか聞いてみよう。

「練習用の木剣はありますか？」

「あるよ。毎度あり」

練習用の剣も購入したし、明日から早速試そっと。

売店のおばさんから買った品を受け取って、魔法袋にしまう。

ついでに武器の使い方の本も購入したので、今度読んでみよう。


「どんな武器にした？」

「かっこいいのにしたの！」

「かっこいいの？」

屋敷に戻り、昼食時にエマさんが尋ねてきた。リズの答えに首を傾げている。

「僕はダガーで、リズはファルシオンです。【身体強化】を使って、練習していこうと思います」

「アレク君はともかく、リズちゃんは凄いのを選んだね……」

ヘンリー様がビックリするのも無理はない。リズの体格には大きすぎるもんね……

「当面は木剣で練習します。ところで、ロングソードってありませんか？　売り切れちゃっててスラちゃんの分がなくて……」

「ああ、用意するよ。それにしてもアレク君はしっかり者だね。もう少し大きくなったら、ちゃんとした剣術を習うといい。そのあたりはおいおい話そう」

女性は必須ではないとのことだが……個人の意思によるらしく、現にエマさんとオリビアさんは剣を習っているという。

ただ、女の人は刺繍や裁縫《さいほう》の勉強がマストらしい。お転婆《てんば》なリズにそれができるか、今からとても心配だ。

◆　◇　◆

翌日。

明日は第三の日なので王城に行く。だから、お土産を用意しないと。

「お兄ちゃん、おばあちゃんはどんなものなら喜んでくれるかな？」

「うーん、なんでも喜んで受け取ってくれそうだけど……買ったものより、手作りのプレゼントのほうがいいかもね」

「よーし！　探してみよー！」

リズと手を繋いで商店街を歩いていく。

スラちゃんはいつも通り、リズの頭の上だ。

「あら、アレク君とリズちゃんじゃない。こんにちは」

この間の奉仕活動で一緒だった、商会のおかみさんが声をかけてきた。

おや、商会の店頭に何か書いてあるぞ。

「えっと……『アクセサリーを作ってみましょう』？」

「そうなの。オリジナルのアクセサリーを作る教室をたまにやっているのよ」

「おお！　お兄ちゃん、おばあちゃんに作ってプレゼントしようよ！」

「あら、プレゼントを探していたの？　簡単なものなら、リズちゃんにもできると思うわ」

「それなら参加してもいいですか？」

「もちろん」

渡りに船だ。アクセサリー作りに参加することになったので、材料費を払って店内に入る。

「あ、アレク君とリズちゃんだ」

「こんにちは」

教室の参加者もこの前の奉仕活動で一緒だった人が多いみたい。

僕たちとしてはやりやすいな。

「二人も、アクセサリー作りをするの？」

「うん！」

尋ねてきたお姉さんに、リズが元気よく答えた。

「初めてならブローチなんてどう？　ビーズをうまく組み合わせると、簡単だけど綺麗なブローチになるのよ」

「うわあ、とっても素敵！」

お姉さんが実物を見せてくれた。

「リズ、最初はお花のブローチを作ろうね」

「うん！」

僕とリズは、ピンクと白のビーズを使ったお花のブローチを選ぶ。

これならビーズをチクチク針と糸で刺せばいいので、とっても簡単だ。

「お、アレク君は上手だね」

「うまい、うまい！」

他の参加者たちに褒められたけど、針使いには少し自信があるよ。

なんせ前世の僕は、服のほつれを自分で直していたのだ。

ある程度土台を作ったら、今度はリズと一緒にビーズを縫《ぬ》い込む。

「できてきた！」

「リズちゃんもうまいわ。筋がいいのね」

何回か針を指に刺していたけど、慣れてきたのかリズも手際よく進んでいるみたいだ。

僕が最後の仕上げをすると、初めてにしては上出来なブローチができた。

「うん、うまくできたね。プレゼントなんでしょ？　せっかくだし箱をあげるわ」

おかみさんが、出来上がったブローチを木の箱に入れてくれた。

これなら、プレゼントとしてバッチリだ。

「おばあちゃん、喜んでくれるかな？」

「きっと大喜びしてくれるよ」

リズが木の箱を大事に魔法袋にしまう。

「リズちゃん、もし刺繍や裁縫の勉強をするならまたお店に来るといいわ。たまに教室を開いているからね」

「うん！　また新しいのを作って、プレゼントするの！」

裁縫は貴族の女性としての必須の技術だ。

今回の体験で興味を持ってくれたらいいな。

◆◇◆

「それでは行ってきます」

「行ってきます！」

今日は王城に行く日なので、貴族の服に着替えて【ゲート】を使う。

部屋の前に転移すると、ティナおばあ様が待っていてくれた。

「いらっしゃい！　アレク君、リズちゃん！」

「おばあちゃん、会いたかった！」

「あら、リズちゃんは甘えん坊さんね」

リズがティナおばあ様に抱きつく。

「ヘンリー様からお礼の品を預かってます」

「まあまあ、わざわざありがとうね。部屋の中で受け取りましょう」

ティナおばあ様が自室のドアを開ける。

あれ？　テーブルの上に大量の品物が置かれている。包装されているものが多いので、贈り物だろうか。

「これってなんですか？」

「私が倒れたことは知られているからね。快気祝いに贈られたのよ。ありがたいけど、ちょっと多いわね」

ティナおばあ様はテーブルを見つめて苦笑した。

おそらく国中の貴族が、王族との繋がりをアピールするためにプレゼントを贈ったのだろう。

そんな中で申し訳ないけど、ヘンリー様からの品物を渡す。

ヘンリー様からの品物は、僕たちの保護者となってくれたことへのお礼の品らしい。

おばあ様も素直に受け取ってくれた。

「あと、僕たちからもプレゼントがあります。ほら、リズ」

「おばあちゃん、お兄ちゃんと一緒に作ったの」

「何かしら……まあ！　こんな素敵なブローチを作ったの？　ありがとうね。とっても嬉しいわ」

ティナおばあ様がリズを抱きしめた。

すぐにドレスにブローチをつけると、とってもニコニコしながら撫でている。

「今日一日、このブローチをつけておくわ」

「新しいのを作ったら、またプレゼントするね！」

「ええ、楽しみにしているわ」

ご機嫌なおばあ様に手を引かれながら、勉強部屋に向かう。

今日から王城での勉強が始まるのだ。

「アレク君たち、お待ちしていましたわよ……あら？　叔母様、素敵なブローチですわね」

「ええ、アレク君とリズちゃんの手作りなのよ」

「そうなんですか、とっても素敵だわ。二人とも凄いわね」

迎えてくれた王妃様たちに手作りブローチを褒められて、リズはご満悦だ。

「さあ、二人とも一緒にお勉強をしましょうね」

アリア様の一声で、今日の勉強が始まった。

「アレクお兄ちゃんは、エレノアの隣なの！」

「あっ、エレノア、ずるい。反対側はリズだよ！」

ビクトリア様は、ルーカス王子とルーシー王女の勉強を見るために別の部屋へ向かっていった。

エレノアとリズに手を引かれて小さい机で読み書きを習うが……あっという間に終わってしまった。

リズたちは書くのに少し手間取っているらしい。

「アレク君、もう終わったの？　……うん、問題なくできているわね」

「とても頭がいいのね」

アリア様とおばあ様から褒めてもらって次の課題に移る。

「うーん、アレク君は読み書きは問題ないわね」

「簡単な計算をやってみましょうか」

続いて簡単な計算問題に入ったが、足し算と引き算なのでこれもすぐに終わってしまった。

前世の知識があるから、なるべくゆっくり解くようにはしているんだけど……

解答が書かれた紙を見たおばあ様が、僕を撫でる。

「アレク君は凄いわね。もっとレベルを上げて、エレノアやリズちゃんとは別の勉強をしたほうがいいわ」

「「えーー!」」

エレノアとリズは僕と離れて勉強するのが不満らしい。

アリア様が二人を窘める。

「さすがにこればかりはね。もう少し難しい勉強をしたほうが、アレク君のためになるのよ」

ちょっと簡単すぎるので、二人には申し訳ないけど別の勉強がしたい。

アリア様に連れられて、僕はルーカス様とルーシー様が勉強している部屋に向かった。

「アレク君は、もうエレノアたちと一緒の勉強では物足りないのよ。読み書きはもちろん、簡単な計算もできるわ。こちらの部屋に移ったほうがいいと思って、連れてきたわ」

「本当ね。これだと、ルーシーのやっている勉強でも物足りないかも」

ビクトリア様が僕の解答用紙を見て、ビックリしている。

試しにと掛け算と割り算を出されたけど、これも解けるんだよな……

できる限りゆっくり解答を書いていると、一緒に問題を見ていたルーシー様が声を上げる。

「アレク君、凄い凄い！」

「あの部屋では、本を読んで勉強しているのが一番好きだったんです」

……ということにしておこう。

僕が答えると、ビクトリア様とティナおばあ様が目を伏せた。

きっとこれで不審に思われない……はず。

「なんだか他人みたいな話し方だ……お姉ちゃんって言ってほしいな」

「ええっと……ルーシーお姉様？」

「うふふ、弟ができたみたい！」

ルーシーお姉様が嬉しそうに抱きついてきた。僕にとって、お姉さんができるなんて初めてだ。

ビクトリア様が笑みを浮かべる。

「アレク君ってちょっとくすんでいるけど金髪なのね。こう見ると、本当の姉弟のようだわ」

王家の血を引いている人は、なぜか金髪になりやすいという。

ちなみにバイザー伯爵家は代々濃いめの青い髪の人が多いそうで、僕は青混じりの金髪なのだ。

「アレクは凄いな。僕よりずっと小さいのに、すっごく勉強ができるんだ！　僕のこともルーカスお兄様って呼んでよ。これから仲良くしよう！」

結局、僕はルーカスお兄様と一緒に勉強をすることになった。

この国の歴史や地理、貴族としてのマナーの勉強が中心で、僕にとって役に立つものばかりだ。

「アレク様はとても賢いお子様ですな。これは将来が楽しみです」

王立学園の偉い人が僕を褒めてくれた。

「僕も負けないぞ」

「私だって！」

ルーカスお兄様とルーシーお姉様がやる気を出していた。

ビクトリア様とアリア様が、子どもたちの言葉に笑顔になる。

「フフッ。みんなやる気になっていますわね」

「エレノアもリズちゃんというライバルができたので、とてもいい傾向ですわ」

和やかな雰囲気の中で、勉強は進んでいった。


午前中で勉強は終わったので、午後はおばあ様の部屋でお喋りタイムとなった。

「リズはこっち」

「エレノアはこっちなの」

相変わらずリズとエレノアが僕を挟んで座る。

そんな僕たちを、ティナおばあ様は微笑ましそうに見ている。

ふと、テーブルの上に置かれたたくさんの品物に目を向けた。

「おばあ様、このプレゼントはどうするんですか？」

「中身を確認して、お礼の手紙を書くのよ」

「えー！　こんなにいっぱいお返事するの？」

リズがビックリしている。僕だってこんなにお礼の手紙を書くのは嫌だ。

でもちゃんと返事をしないと、気まずくなっちゃいそうだしな。

気まぐれにプレゼントを【鑑定】してみたら、とんでもないものが出てきた。

僕はソファから立ち上がってテーブルに近寄ると、とある箱を持ち上げ、もう一度【鑑定】を試す。

「何しているの、お兄ちゃん？」

「アレクお兄ちゃん、どうしたの？」

リズとエレノアが不思議そうにしている。

このプレゼント……中にあるのはとっても危険なものだ。

「ティナおばあ様、この箱、中に盗聴の魔導具が入っています」

「まあ！　アレク君、それは本当かしら？」

おばあ様の指示で、使用人が箱を開封する。

入っていた花瓶《かびん》を見ると、使用人の顔色が変わった。

「ティナ様、アレク様の言う通りでございます。この魔導具……おそらく、一定の時間が経過すると発動する高度なものです。今は起動していないようですので、確認をすり抜けてしまったのでしょう」

「そう、ありがとう。アレク君もありがとうね」

使用人の人も【鑑定】を使ったみたい。

見た目は花瓶だけど、これは魔導具だと確認が取れた。

それを見ていたリズが、別の箱を持ってくる。

「おばあちゃん、これも見てほしいの。なんだか、嫌な感じがする……」

「まあ、そうなの？　この箱の中身も検《あらた》めて」

「かしこまりました」

リズが持ってきたプレゼント、パッと見、普通の化粧品なんだけど……【鑑定】をしてみたらとんでもない表示が出た。

「この白粉《おしろい》……水銀が入っています」

使用人の言葉を聞いて、ティナおばあ様が眼差しを鋭くする。

「水銀入りの白粉は、かなり前に禁止されたはずだわ」

「左様でございます。健康被害が報告されてからは、使用を止めるよう通達していたはずですが……」

立て続けに違法物が出てきたので、おばあ様宛の品物はすべて再確認することになった。

「アレク君、リズちゃんも……本当にありがとうね」

ティナおばあ様が僕たちを抱きしめる。

騒ぎに気づき、ビクトリア様とアリア様が駆けつけてきた。

「王城に届く品物は、今まで以上にチェックを入念にしましょう」

「快気祝いに不審物を入れてくるなんて……前代未聞の事態ですわ」

花瓶も白粉も、【鑑定】したけど送り主《おくぬし》は分からなかった。

詳しく調べるため、軍務卿のブレア様にも協力を仰ぐと言って、王妃様たちが去っていく。

「ティナおばあ様、何かあっても僕が見つけます」

「リズもおばあちゃんを守るよ！」

「エレノアだって頑張るの！」

「みんな、ありがとうね。本当にいい子たちばかりだわ……」

部屋に大量にあったプレゼントは、再確認のために別室に運ばれた。

すっきりした部屋の中で、僕たちはお茶をいただく。

「アレク君とリズちゃんが来てから、いいことが続いているわ。もちろん、エレノアのこともね」

「エレノアのこと？」

リズが尋ねると、ティナおばあ様は頷いた。

「エレノアはね、持病があって内向的だったのよ。体が弱くて常にベッドで寝ていたの。だからこんなに元気になって、私もとても嬉しいのよ」

エレノアって、そんな子だったんだ。

「エレノアにとって、アレクお兄ちゃんは王子様なの」

「リズにとっても、お兄ちゃんは王子様なの！」

リズと言い争いしているエレノアを見ていると、とても病弱だったとは思えない。

そんな話をしていたら、だんだんと眠くなってきてしまった。

リズとエレノアも目を擦っている。

「あらら、お昼寝の時間かしらね。おばあちゃんのベッドで寝ちゃいなさい」

「「はーい」」

僕たちは眠気に勝てず、ティナおばあ様のベッドにもぞもぞと潜り込んだ。


お昼寝から目を覚ました僕たちがおやつを食べていると、なぜか陛下がやってきた。

「おお、やはりここにいたのか。少し邪魔するぞ」

エレノアが首を傾げる。

「あれ？　お父様、お仕事は？」

「これも仕事なんだ。アレクとリズに伝えることがあってな」

陛下は椅子に座ると、用件を切り出した。

「実はな、来週、教会の主導で治療院への慰問《いもん》を予定しているんだ。二人もそれに参加してほしい」

「僕たちの存在はまだ秘密にするんじゃ……いいんですか？」

「大丈夫だ。万が一バレたとしても、相手は軍人ゆえいくらでも情報を統制できる。王妃たちも参加するのだが、アレクとリズも叔母上と一緒に来てくれないか？」

「もしかして、治してほしい人がいるの？」

リズが尋ねると、陛下は頷いた。

「ああ。一人、君たちの【合体魔法】で助けてやってほしい者がいる。軍務卿の弟でな……我が国にとっても重要な人物なのだ。可能であれば、それ以外の負傷者も治してあげてくれないか。みんな、とある事件で怪我を負ってしまってな……無論、できる範囲でよい」

なるほど、そういう事情か。

「日程は来週の第四の日だ。第三の日に来てそのまま泊まっていくといい」

「やった！　おばあちゃんとお泊まりだ！」

リズはおばあ様とのお泊まりに夢中になっているけど……エレノアが僕の腕をギュッと掴んで見上げてくる。

うーん……リズと喧嘩にならないといいんだけど。

◆　◇　◆

それから数日後。

今日はホーエンハイム辺境伯領で薬草採取の依頼をこなすことにした。

「「よろしくお願いします！」」

「はい、こちらこそよろしくね」

この前の薬草採取の講習に参加した人たちも一緒だけど、今回はなんと護衛がつかない。

指名依頼だったり、バイザー伯爵家の調査だったりで冒険者たちが出払ってしまっていて、残っている中だと僕たちが一番強いのだ。つまり、僕とリズ、スラちゃんで警護もすることになる。

そんなんでいいのかなと思いつつ、みんなで森に向かった。

「あ、お兄ちゃん、ウルフがいるよ」

「本当だ！　今回は頭を狙ってみようか」

「任せて！」

森に入って進んでいくと、しばらくしてウルフの群れに遭遇した。

僕とリズの魔法で次々と倒す。

十頭くらいいたけど、そんなに時間はかからずに倒せた。

「スラちゃん、血抜きをお願いね」

今回は傷が少ないから、より高く買い取ってもらえるはずだ。

「やっぱり二人はとっても強いね」

「今日はリズがみんなを守るの！」

他の参加者から褒められて、俄然《がぜん》やる気を出しているけど、はしゃぎすぎないように見守っておこう。

その後も周囲にいた魔物を倒し、安全になったのを確認すると薬草採取を開始した。

「あっ、お兄ちゃん。ベリーもあるよ！」

「これはエマさんとオリビアさんにプレゼントしよっか」

「またパイを作ってくれるかな？」

見つけたベリーも魔法袋にしまっておく。

薬草もたくさん採れたぞ。

「うーん。ちょっと早いけど、ギルドに戻りましょうか」

「「はーい」」

年長のお姉さんの提案で、予定より早く町に戻ることになった。

半日でたくさんの薬草が採れたので、みんなほくほく顔だ。

僕とリズには倒したウルフもあるから、さらにご機嫌だ。

そうしてギルドに到着する。

「おお、坊主たちか。今日はウルフの素材もあるんだな」

「ちゃんと頭を狙ったよー」

「こいつはいい状態だ。血抜きもバッチリだぞ、よくやったな！」

買い取りのおじさんにウルフを渡すと、とても喜んでくれた。

おじさんに褒められて、リズとスラちゃんはご満悦だ。

「ほら、代金は半分にしてあるぞ」

「ありがとうございます」

前回よりずっと高く売れたぞ。代金を受け取る。

そのままリズと手を繋ぎ、久しぶりに依頼掲示板を見に行く。

「やっぱり、僕たちにできる依頼はないね」

「むー……」

荷物運びやお店の清掃、荷馬車の護衛などの仕事は小さい僕たちには難しいし……常設の薬草採取を続けるしかないみたい。


「もうしばらくは薬草採取を頑張ろうね」

ギルドの食堂でお昼ご飯を食べながら、リズに話をしていると……

「そうそう。誰でも最初は小さな依頼からよ」

「コツコツと依頼をこなして、信用を得ましょうね」

「大丈夫。二人なら、すぐに上のランクになっちゃうわよ」

カミラさん、ルリアンさん、ナンシーさんがやってきた。

「アレク君たちは週一で薬草採取をして、指名依頼がある時に対応するくらいでいいわ。勉強と休養も大切なんだから」

カミラさんの言う通りだ。こればっかりは仕方ない。

僕たちは本来ならもっと上位のランクになれる実績があるそうだが、バイザー伯爵家の件があり、これ以上目立つわけにはいかない。だから昇格は保留なんだって。

僕も小さい依頼をコツコツとこなすことに賛成だ。

「僕たちだけで生きるにはお金がたくさんいると思っていたんですが、今は心配ないので……これからも一歩ずつ頑張ります」

「いっぱい冒険して、おばあちゃんに聞かせてあげたいのに！」

不満げなリズをみんなでなだめつつ、賑やかな昼食になった。


その後、僕たちは屋敷に帰り、ヘンリー様とイザベラ様に今日の出来事を報告する。

カミラさんたちとの話もすると、ヘンリー様は顎に手を当てた。

「私もアレク君たちと同じ意見だな。きっとリズちゃんのおばあ様も、もう少し大きくなってから冒険してほしいはずだよ」

「そうよ、リズちゃん。もし何かあったら、お兄ちゃんもおばあ様も心配しちゃうでしょう？」

やはりヘンリー様とイザベラ様にも止められて、リズはしょんぼりと頷いた。

「いつか冒険する時のために、今は力を付けよう。ね、リズ？」

「分かった……もう少し我慢する」

ようやく納得してくれたけど、そのうちまた駄々をこねるかもな。

「ちなみに、リズはどんな冒険がしたいの？」

「うんとね……絵本で見たドラゴンを倒したい！」

「ドラゴンかぁ……きっと、ジンさんみたいなAランク冒険者にならないと難しいよ……？」

「なら、ジンさんより強くなれるように頑張る！」

目標ができてリズはやる気満々だけど……ジンさん並みに強くなるのは相当大変だと思う。

張り切っているので、水を差すようなことは言わないでおいた。

◆　◇　◆

あっという間にまた王城を訪ねる日がやってきた。

今日はティナおばあ様のところでお泊まりだ。

いろいろと準備をして【ゲート】を繋ぐ。

「二人ともよく来たわね」

「おばあちゃん！」

待ち構えていたティナおばあ様に、リズが抱きついた。

「明日までよろしくお願いします」

「お願いしまーす！」

「はい、こちらこそよろしくね」

みんなで笑い合っていると、アリア様となぜか元気がないエレノアがやってきた。

一体どうしたんだろう？

「エレノアは寝不足なのよ。『アレクお兄ちゃんとリズが来る』って、昨夜はしゃいじゃって」

「お母様、それは言わないで！」

アリア様にバラされて、エレノアが抗議している。

ふふ、遠足を楽しみにして寝不足になるのと同じだ。

「はいはい、それじゃあ今日の勉強をするわよ。エレノア、勉強が終わったら寝てもいいからね」

「はーい、またアレクお兄ちゃんと一緒にお昼寝するの」

「リズもお兄ちゃんと一緒に寝るんだもん！」

僕とお昼寝するというご褒美でやる気を出したエレノアに、リズがまた張り合っている。

そんな二人と分かれ、僕は使用人の案内で別の部屋に向かった。

「おはようございます」

向かった先にはビクトリア様とルーカスお兄様がいた。

今日はこの部屋で勉強だ。

ルーカスお兄様が王国の歴史を学んでいたので、僕は地理を勉強することになった。

「王都から各辺境伯の領地までは、かなり距離があります」

講師の人によれば、移動手段は馬車が主流だそうだ。

「……そういえばホーエンハイム辺境伯領は、アダント帝国の隣だと教えてもらいました」

「はい。我が国とアダント帝国とは良好な関係にあり、双方の王族が嫁《とつ》いだりしております。アリア様は、帝国の皇族出身でございますよ」

へえ、そうなんだ。今度アリア様に帝国のことを教えてもらおう。

今日の講師は王立学園の上位組織である国立アカデミー出身だそうで、説明が凄く分かりやすい。

地理といいつつ歴史も教えてもらえるので、なんだかとっても楽しい。

「ホーエンハイム辺境伯領はこの国の南に位置します。周辺は森と鉱山に囲まれており、水源も豊富です。麦だけでなく、米の生産も盛んですよ」

「王国にとっての食料庫なんですね！」

「まさにその通りです。野菜の生産も盛んで、多くの作物が王都を含め各都市に運ばれています。作物を運ぶ際は、道中襲ってくる魔物や盗賊《とうぞく》対策に冒険者を雇うのです」

リズと依頼を探していた時に、そんな内容を見たことがある気がする。

護衛をするとなると、そこそこランクが高い冒険者じゃないと駄目なんだろうな。

「他の辺境伯領は王国の北と西にございます。東は海に面していて、内陸部には山地があります」

「海の幸と……高いところを利用した高原野菜が採れそうですね」

「コウゲンヤサイ……ですか？　初めて聞きますね。どのようなものでしょう」

講師の人がきょとんとした。

あれっ、ブンデスランド王国では高原野菜を作っていないのかな？

前世では、標高の高い地域でレタスとかキャベツを作っていたはずだけど……

「高地は夏でも涼《すず》しいので、時期をずらして野菜を作れると思うんです。もしかして、高いところでは野菜を育てていないんですか？」

「ええ、そうです……ふむ、王国の北では涼しい気候を利用した栽培をしていますが、それと同じようなことを高地でもできるとおっしゃりたいわけですね」

似たような栽培がされているのなら、きっとうまくいくと思うけどな。

地理の講師がそばを離れ、ルーカスお兄様を教えていた人のところに行く。

しばらくして、僕のもとにやってきた。

「アレク様。今回のご提案は、宰相閣下にご報告してもいいですか？」

「はい……ごめんなさい。変なこと言っちゃって……」

「いいえ、アレク様は素晴らしい発想と向上心をお持ちです。すぐにこの国だけでなく、世界の地理も覚えられましょう」

前世の知識から、高原野菜って発想が出てきただけなんだよな。

ちょっとズルいかもしれないけど、みんなの役に立つなら問題ない……よね？

「アレクって凄いね。僕、そんなこと思いつかなかったよ」

「ご自身で勉強されていたこともあるのでしょうが、やはり天才でございますね。教える私たちにも、新しい発見があります」

勉強を終えたルーカスお兄様と講師が褒めてくれたけど、ちょっと気まずいな。

そうして今日の勉強は終了した。

昼食を食べ終わると、リズとエレノアの眠気が限界になってしまった。

ティナおばあ様の部屋で一緒にお昼寝をしようとしたら、大きなうさぎのぬいぐるみを抱いてルーシーお姉様が入ってきた。

「今日は私も弟君と一緒にお昼寝したい！」

しかし、すでに僕の両隣ではリズとエレノアが眠っている。

「大丈夫、同じベッドで寝られたらいいの」

そう言うと、ルーシーお姉様はエレノアの隣に潜り込む。

「おやすみなさい、弟君」

「おやすみなさい、ルーシーお姉様」

なんだかいい匂いのするベッドで、僕もあっという間に眠ってしまったのだった。


お昼寝から目覚め、僕たちはティナおばあ様と一緒にお風呂に入る。

その後は王家の人たちと一緒に夕食タイムだ。

「おお、おいしそう！」

豪華な料理を前に、リズとスラちゃんは大興奮している。

「ほらリズ、誰も取らないから落ち着いて食べよう」

「はーい」

「やはり、お兄ちゃんの言うことはよく聞くな」

陛下に笑われながらも、夕食を食べ始める。

「うーん！　お肉がとーってもおいしい！」

「それは何よりです、リズ様。どうぞゆっくり召し上がってくださいね」

満面の笑みでお肉を食べるリズのことを、配膳《はいぜん》係の使用人がにこやかに見つめて言った。

口についたソースを拭いてあげていると、エレノアが話しかけてくる。

「アレクお兄ちゃん、エレノアも拭いてほしいの」

「はいはい……これでいいかな？」

「バッチリなの」

「アレク君は、すっかりエレノアのお兄ちゃんね」

アリア様が笑みを浮かべている。

「わざと汚したら拭かないよ」とリズたちを牽制しておいて、僕も料理を堪能《たんのう》した。


その夜、ティナおばあ様を挟んで僕とリズは一緒にベッドに入った。

「おばあちゃんと一緒に寝るの嬉しい！」

「ええ、私も嬉しいわ」

明日は朝早くから治療院へ慰問に行くから、早めに寝ないと。

お昼寝の時にも思ったけど、ティナおばあ様のベッドからいい匂いがしてすぐに眠くなってしまうんだよね。

「実はリラックスできるハーブを使っているのよ」

「そう、なんだ……」

いい匂いとおばあ様の温もりに包まれて、僕とリズはあっという間に寝てしまった。

◆　◇　◆

翌日。

今日は、おばあ様や王妃様たちと王都の治療院に慰問に行く。

「二人とも、かっこいいわね」

「えへへ、そうかな？」

ビクトリア様に褒められて、リズが頬を赤くした。

今回は治療目的なので、魔法使いっぽいローブに着替えて向かうことになった。

おばあ様や他の人は王族らしい気品ある装いなので、僕たち二人はかなり浮いている。

「ひとまず二人のことは伏せているの。今日は魔法使い見習いがついていくということになっているのよ」

申し訳なさそうなティナおばあ様に、僕は首を横に振った。

「気にしないでください」

「ふふふ、リズがなんでも治しちゃうよ」

スラちゃんまで小さな魔法使いの帽子《ぼうし》をかぶっている。これは従魔だって一目で分かるようにするためらしい。

みんなの準備が終わったので、使用人や近衛騎士と共に大型の馬車で教会へ向かう。

馬車には何回も乗ったことはあるけど……こんなに大きくて豪華な馬車に乗るのは初めてなので、リズがとてもはしゃいでいた。

馬車の窓から景色を眺める。王都の中でも高級住宅地に近くて、比較的静かなエリアだ。

しばらくすると壮麗《そうれい》な教会に到着した。

口に出しては言わないけど、とってもお金がかかっていそうだ。

使用人や近衛騎士に警護されながら、僕たちは馬車を降りる。

「皆様、ようこそ王都の教会へ」

教会の入り口には王都の偉い人たちに交じって、見覚えのある人が立っていた。

リズがぽかんと口を開ける。

「あれ？　司祭様、どうしてここにいるの？」

そう、ホーエンハイム辺境伯領の司祭、ヘンドリクスさんがいたのだ。

「たまたま王都に来ていたのじゃよ。二人が治療をするならぜひ同行したいと申し出て、今回参加させてもらったのじゃ」

「そうなんだ……リズ、頑張るね！」

「ほほほ、期待しておるぞ。では、中へ入ろうか」

ヘンドリクスさんの先導で、教会の中に入る。

そこには、とっても豪華な刺繍が入った服と帽子を身に着けた人がいた。

「アレクサンダー様、エリザベス様、ようこそお越しくださいました。私はここの司教です。お二人のことは、ヘンドリクスさんから聞いておりますよ」

司教様は、ヘンドリクスさんと同じような感じのいいご老人だ。

「今日はよろしくお願いします」

「こちらこそ」

ちなみに、ブンデスランド王国でもっとも信仰されている宗教は、別の国に総本山があるらしい。

教皇様はそっちにいるとのことで、この国の教会のトップが司教様だそうだ。

司教様も加わって、教会裏手にある治療院へ行く。

「ここになります。まずは軍務卿の弟君のところに向かいましょう」

そう言われて入った部屋にはベッドがあり、一人の男性が横たわっていた。

左手の肘から先がなく、いたるところに包帯を巻いた痛々しい姿をしている。

僕たちは、司教様の説明を聞く。

「今は薬でこうして眠っておりますが……目が覚めると、痛みで苦しんでおります」

確かに、これほどの大怪我なら起きているだけでもつらいだろうな。

僕は【鑑定】で怪我の具合を確かめると、周りのみんなに宣言する。

「すぐに治してみせます！」

リズとスラちゃんと一緒に魔力を溜めていく。

そんな僕たちの様子を、ティナおばあ様や王妃様たち、エレノアやルーカスお兄様たちが固唾《かたず》を呑んで見守っていた。

「よしっ、いきます！」

「いくよ！」

準備は万全。僕たちは【合体回復魔法】を放った。

ピカーッと病室内が明るく輝く。

「おお、なんということだ」

司教様が僕たちの魔法にビックリしている。

軍務卿の弟さんは、外傷だけでなく、内臓にまでダメージを負っていたので集中力が必要だった。

それでも、無事治してあげられたみたい。

「本当に腕が再生しているわ」

「改めて見たけど、凄まじい魔法ね」

ビクトリア様とアリア様はおばあ様たちを助けた時に魔法を見ていたけれど、欠損まで治せるとは思っていなかったようだ。

「ふう……司教様、これでおしまいです。再生した腕は、感覚を取り戻すためにリハビリをさせてくださいね」

「もう大丈夫だよ」

僕の言葉に続いて、リズとスラちゃんが胸を張った。

「おお、まさに『双翼の天使』という二つ名にふさわしい活躍だ。リハビリについては看護の者にも伝えておきましょう」

呆然としていた司教様が、シスターに指示を出す。

「よーし、次の人も治すよ」

「相変わらずやる気があるのう。こちらじゃよ」

拳を突き上げたリズを見て、ヘンドリクスさんが次の患者のところに案内してくれた。

ここからは手分けして作業に入る。

リズが重傷者を、スラちゃんが軽い傷の人を治療し、僕が二人の中間くらいの怪我の人を治していくのだ。いつの間にかこの治療院で働いている治癒師たちもやってきて、僕たちを手伝ってくれた。

リズに治療され、厳つい顔の男の人が笑みをこぼした。

「おお、お嬢ちゃんありがとう。楽になったよ」

「えへへ、よかった」

ルーカスお兄様とルーシーお姉様、そしてエレノアはシスターに話を聞きに行ったり、包帯を替えてあげたりと忙しく働いていた。

「アレク君とリズちゃんが頑張っているから、子どもたちも積極的ね」

「ええ、叔母様。ルーカスもルーシーも、自ら仕事を探していますわ」

「病弱だったエレノアが治療されるのではなく、治療するのを手伝うようになるなんて……まるで夢のようだわ」

おばあ様たちがいろいろ言っているけど……ああして困っている人に手を差し伸べられるのは、お兄様やお姉様のもともとの気質じゃないかな。

辺境伯領で起こったゴブリン襲撃事件の時に比べると、今回治療する人数は少ない。午前中のうちにすべての治療が終わった。

「『双翼の天使』様、本当に助かりました」

お昼ご飯を食べながら、司教様からお礼を言われた。

「まだまだ治療できるよ！」

リズもスラちゃんも「まだ余裕」とやる気を見せている。

もう何度も回復魔法を使ってきたから、かなり手際よくできた。

しかし、二つ名で呼ばれるのはなんだかくすぐったいな。

司教様が目を細める。

「うむ。まさに噂通り……いや噂以上だ。今後も治療をお願いすることがあるかもしれません」

「任せてください。できる範囲になりますが、協力します」

「リズがたくさん治してあげる！」

「ほほほ、お二人らしいですな」

ヘンドリクスさんが嬉しそうに笑った。

治療は魔法の修業になるし、リズは困っている人を見過ごせない性格だ。

辺境伯領では、治療院のお手伝いをするつもりだったしね。

ただ、一生懸命働いたから疲れはある。

エレノアとルーカスお兄様、ルーシーお姉様もそうみたいで、帰りの馬車では一緒になって眠ってしまった。

結局、辺境伯領へ帰る時間になるまで、僕たちはずっとお昼寝していたのだった。

第四章　過去との決着へ

王都の治療院に慰問に行ってから一か月ほどが経った。

九月に入ると、バイザー伯爵家に関する調査に動きがあった。

王城の一室に陛下とニース宰相とヘンリー様が集まり、軍務卿のブレア様と調査官の報告を聞くのだという。そこに、僕も参加することになった。

ちなみに、リズはエレノアたちと魔法制御の訓練を行っているので別行動だ。

「結論から申しますと、バイザー伯爵夫妻は闇ギルドと繋がっています」

調査官が報告した。

闇ギルド……それは、この世界で活動する犯罪組織だという。

世界各地に拠点があり、構成員は紛争《ふんそう》を起こすこともあれば、武器の売人として違法な品を卸《おろ》すこともあるそうだ。十年ほど前に各国で争いが頻発《ひんぱつ》した時も、闇ギルドが暗躍《あんやく》していたらしい。表に出せないような品を取り扱う闇市場を経営していたり、違法奴隷《いほうどれい》を売買していたり……とにかく、悪い人たちなんだ。

「我が国ではバイザー伯爵領で、アダント帝国ではホーエンハイム辺境伯領に隣接している地域で、闇ギルドが活動しているようです。どうやら両国に戦争を起こさせ、その隙に勢力を広げようと企んでいるようで……これにバイザー伯爵夫妻が関与しています。アレク様たちを森に置き去りにしたゴロツキは、すでに殺されていました。また、最後にお二人の世話をしていたと思しき使用人の少女が行方知れずになっています。おそらく、消されたのでしょう」

調査官の報告は、衝撃的な話ばかりだ。

あの侍女とは交流があまりなかったけど……それでも、殺されてしまったのならショックだなあ。

「しかしながら、アレク様とリズ様が赤ん坊だった頃に面倒を見ていた侍女二名とは連絡がとれました。身の回りで不審な出来事が相次ぎ、危険を感じて別の土地に移り住んでいたようです」

退職したお世話係の人たちか！　無事でよかった……

「アレク君たちを見捨て、誰にも相談しなかったのは問題だが……身の危険が迫れば、仕方ないところではあるか」

ヘンリー様がため息をついた。

ちょっと疑問に思ったことを聞いてみよう。

「調査官さん、ゴブリンの襲撃については何か分かったんですか？」

「それについては、私から話そう」

ここで口を開いたのはブレア様だ。

「アレク君、私の弟を治療してくれたことは覚えているか？」

「はい、かなりの重傷でした……」

「弟は王都の郊外での演習中に、何者かによって投げ込まれた魔導具が爆発し、大怪我をしたのだ。

多くの兵士がいたにもかかわらず、犯人はいまだ逃走している」

「それって、もしかして……」

「おそらく、この国の混乱を狙った闇ギルドの仕業だ。その爆発物に使われていた魔石が、ゴブリンによる襲撃時に用いられたものと同じでな。また、ヘンリーの屋敷を襲った偽騎士の身元が分かり、闇ギルドの構成員だと判明したんだ。尋問すると、ある名前が出てきた……ゲイン・バイザーだ。ゴブリンによる辺境伯領襲撃を計画した者、闇ギルドの幹部こそ、ゲインだ」

僕とリズを追い出したあの男が……

言葉を失っている間も、ブレア様の話は続く。

「ゲインはもともと野心家だったが、バイザー伯爵家の後継者候補としては序列が低かった。先々代当主が侍女との間に作った子どもでな……君のお父さんやリズちゃんのお母さんとは腹違いの兄妹だったんだ。自分が当主となるためには二人が邪魔だと考え、殺害を計画したのだろう。もしかしたら、その過程で闇ギルドの存在を知り、接触したのかもしれないな。君たちをなぜしばらく生かしていたのかは不明だが……」

「ゲインにとって皮肉なのは、アレク君とリズちゃんが生き残り、彼の企てを阻止するようになったことだな。ティナ様たちの毒殺未遂もそうだが、先のホーエンハイム辺境伯領ゴブリン襲撃事件にもバイザー伯爵夫妻は関与していたのだから。君たちがいなければ、私とイザベラは殺されていたかもしれない」

ヘンリー様の説明で、かなり事情が分かった。

これでゲインとノラを咎《とが》める証拠ができたわけだ。

「ゲインには書状を送り、王都召喚を命じる予定だ。理由は適当におだてるようなものにするから……自分たちの企みがバレていることに気づいていないなら、必ず乗ってくるはずだ。おそらく夫人のノラも同行するだろう」

「その隙に、主が不在のバイザー伯爵家の屋敷を制圧し、王都に向かうゲインとノラを拘束する」

ゲインたちの拘束は、ホーエンハイム辺境伯領で行うそうだ。

辺境伯領は国境にある。王都はブンデスランド王国の中心に位置するから、ここを通ったら遠回りになるんじゃ……と思っていたら、違うらしい。

辺境伯領内には大きな街道があり、交通の便が優れている。だから、むしろここを通過するのが主流なんだって。

「アレク君、かつて君が暮らしていた場所に【ゲート】を繋げるか試してみてくれないか？」

「はい、やってみます」

うまくいくか不安だったけど、【ゲート】を発動すると僕が育った書斎に繋がった。

誰かに見つかるとまずいので、すぐに魔法を消す。

「アレク君に負担をかけることはしたくなかったのだが……今回の作戦は相手に気取られないようにする必要があって、大量の人員は出せない。アレク君の【ゲート】が肝《きも》となる」

「もちろん協力します」

なんだかんだ言っても、あそこは僕の実家だ。

できることは限られるだろうけど……ヘンリー様たちに協力するのは、自分の意志だ。

ヘンリー様がさらに言う。

「まず、王国軍の一部を我が領の詰所に送り、待機を命じる。アレク君、兵士たちの移動を【ゲート】で手伝ってもらえるか？」

「頑張ります！」

僕の答えを聞いて、ブレア様が口を開いた。

「ゲインがどんな手札を隠しているか分からない。私たちも警備を強化するとはいえ、気をつけてくれ」

苦し紛《まぎ》れに、何か仕掛けてくる可能性もあるもんね。闇ギルドの構成員って、間違いなくゲインとノラだけじゃないだろうし。

「僕、バイザー家の制圧作戦に参加してもいいでしょうか？　お家の中は全然詳しくないけど……自分の目で見届けたいんです。リズとスラちゃんにはヘンリー様の屋敷にいてもらいます」

陛下が考え込み、しばらくして頷いた。

「……そう望むのならば、仕方がないな。制圧作戦に加わるがいい」

◆　◇　◆

翌日。

僕はヘンリー様とブレア様と共に、王都の郊外にある軍の基地に向かう。

【ゲート】で基地まで一瞬で転移すると、なんだか見覚えのある人がやってきた。

「兄上、ヘンリー様、遅くなって申し訳ありません。君がアレク君だね」

あっ、思い出した。ブレア様の弟さんだ。

リハビリが終わって、軍に復帰していたのか。

「奇跡的な回復だと何度も言われたよ。これもアレク君たちのおかげだ」

周囲を見回すと、王都の治療院で治療した兵たちが僕に向かって手を振っていた。

「アレク君。改めて自己紹介をさせてくれ。私の名前はギースだ。今回の作戦の指揮を執《と》る」

「アレクサンダーです。ギース様、僕の実家のことをよろしくお願いします」

「こちらとしても不覚を取った借りを返したい。仲間共々、リベンジの機会を与えてくれて感謝しているよ」

兵たちにもペコッとお辞儀をすると、彼らは拳を突き上げた。

「「「おうよ、任せておけ！」」」

僕は尋ねる。

「ギース様、皆さんの準備は大丈夫ですか？」

「いつでも大丈夫だ」

「では、辺境伯領の駐屯地に【ゲート】を繋ぎます」

「「「おお！」」」

僕が辺境伯領の駐屯地に【ゲート】を繋ぐと、兵から歓声が上がった。

彼らが【ゲート】を通り、辺境伯領へ向かう。

「兄上、いつでも動けるように準備をしておきます」

「うむ、頼んだぞ」

最後にギース様が【ゲート】を通っていった。

全員が通り終わったのを確認して、僕は魔法を消す。

「さて、我々も王城に戻ろう。牢《ろう》が使えるようにしておいてくれ」

「はっ」

ブレア様が兵に指示を出した。

僕は再度【ゲート】を使い、ヘンリー様たちと共に王城に戻る。

「おお、戻ったか」

王城に戻るとニース宰相がちょうど休憩しているところだった。

「はい！　ちゃんと部隊を送りました」

「ご苦労じゃったな。こちらも下準備は終わったぞ」

なんでも調査資料をまとめたり、尋問の準備をしていたそうだ。

少しすると、リズとティナおばあ様がやってきた。

「お兄ちゃん、お話聞いたよ！　あの悪者を捕まえるんだね。リズ、しっかりヘンリー様のお家を守ってる！」

「アレク君は制圧作戦に参加するのでしょう……？　無理だけはしないでね。怪我をしたら、おばあちゃん泣いちゃうわ」

ティナおばあ様が僕たちをギュッと抱きしめた。

「必ず帰ってくるから、平気です」

「おばあちゃん、お兄ちゃんはリズが守ってあげるから大丈夫だよ」

僕とリズも、ティナおばあ様をしっかりハグする。

「アレク君、我々も帰ろう。近日中にゲインたちが我が領にやってくるはずだ」

ヘンリー様に促されて、ホーエンハイム辺境伯領の屋敷へ【ゲート】を開く。

作戦の決行日まで、ブレア様もこちらの屋敷に滞在するそうだ。

「では、行ってきます」

「おばあちゃん、またね！」

「二人とも気をつけてね」

ティナおばあ様に見送られながら、僕たちは王城を発《た》った。

◆　◇　◆

王城での会議から数日後。

ついにゲインが辺境伯領にやってきた。

僕はヘンリー様と一緒に執事の報告を聞く。

「先ほど到着し、現在は門の前で手続きをしております」

「よし……では予定通りにいこう。ひとまず迎賓館《げいひんかん》に通してくれ」

「かしこまりました」

「冒険者ギルドや教会、王都にも連絡を。場合によっては闇ギルドと交戦するかもしれん。市街戦になる可能性もあるぞ」

事前に、この町の司祭であるヘンドリクスさんや冒険者ギルドのギルマス、ベイルさんといった人たちには今回の計画を伝えてある。

「すぐに動きます。騎士団はすでに厳戒態勢に入っております」

執事が足早に立ち去った。

「アレク君はすぐに駐屯所に向かってくれ。くれぐれもゲインたちに見つからないようにな」

「分かりました」

「リズちゃんとスラちゃんは屋敷で待機だ。ゴブリン事件の黒幕は判明したとはいえ、やつらが城壁破壊前にゴブリンを町中に引き込んだ方法は分かっていない。もし町に魔物が現れたら、撃退を頼む」

「リズとスラちゃんにお任せだよ！」

二人はやる気満々だ。イザベラ様たちが見ていてくれるそうなので、あまり無茶はしないだろう。

「私とブレアは、変装して迎賓館に向かう。使用人と門番に扮《ふん》して、動向を監視するよ」

迎賓館のスタッフはすでに騎士団の人と入れ替わっている。ヘンリー様とブレア様もそこに加わるようだ。

ヘンリー様たちが準備のために去っていった。

僕も【ゲート】を駐屯所に繋ぎ、ギース様と合流する。

「偵察《ていさつ》の兵から報告を受けている。こちらはいつでも動けるぞ」

ギース様たちはすでに完全武装で待っていた。

「分かりました。では、バイザー伯爵家に行きましょう！」

「「「おー！」」」

なんだか兵のテンションが凄い上がっている。みんな張り切っているみたいだ。

この調子だと、一瞬で闇ギルドをボコボコにしそうだな。

「今のところ作戦に勘づいていない様子とはいえ、屋敷を完全に空けるとは考えにくい。おそらく闇ギルドの構成員を配置するなどして、ある程度の警備は残しているはずだ。突入部隊が先行して入って、屋敷を押さえるように」

「「「はっ」」」

盾を構えている兵を先頭に突入の準備が完了した。僕はギース様にアイコンタクトする。

「よし、行くぞ！」

僕が【ゲート】を繋ぐと、屋敷の中に兵が突っ込んでいった。

さあ、僕も因縁《いんねん》に決着をつけよう。

【ゲート】をくぐって書斎に入ると、すでに屋敷の中はパニックになっていた。

兵が次々と屋敷の守衛を拘束していく。

うまいこと不意をつけたみたいだ。

「屋敷を制圧せよ！」

「「おお！」」

ギース様の号令で、兵が散らばる。

僕はギース様と一緒に屋敷の玄関ホールを目指す。

あちこちから屋敷の守衛や闇ギルドの構成員らしき人が現れては、こちらに斬りかかってくる。

「えい！」

「ギャアッ！」

僕は覚えたばかりの魔法——敵を痺《しび》れさせる【ショートスタン】で相手を捕らえた。

「ほほう、さすがはアレク君だ。魔法がうまいね」

「先輩の冒険者から、教えてもらったんです」

王城で作戦を聞いてからの数日、何もしてなかったわけじゃない。カミラさんたちに、稽古をつけてもらっていたのだ。

ギース様が感心しているけど、広範囲の敵をまとめて痺れさせる【エリアスタン】を覚えきれなかった僕としては、少し悔しい。

もっと魔法がうまくなりたいな。

玄関に到着して庭を見ると、屋敷の外にいた門兵や騎士が異変に気づき、こちらに向かってきていた。僕とギース様は庭に出る。

【ショートスタン】で次々と敵を戦闘不能にしていく。

「ぐわあ！　体が痺れて動かん……！」

悲鳴を上げる相手を、みんなで捕まえていく。

しばらくすると、拘束した守衛や構成員が増えてきた。

「アレク君、王都に【ゲート】を繋いでくれ。こいつらをここに残すと何をするか分からん」

「任せてください」

僕は【ゲート】を王都の軍用基地に繋げた。捕らえた兵を王都で待機している王国軍に引き渡す。

その間もたくさんの守衛が屋敷を守ろうと駆けつけてくる。

バイザー伯爵が悪い人だって知らないのかな。それとも知っていて協力しているのだろうか……

あまりにもきりがないので、僕はあることを試す。

「えーい！」

「ぐわあっ！」

あ、成功した！

ギース様が笑い出す。

「ははは、これは凄いな。【ゲート】を維持しながら、【ショートスタン】を放つとは！」

僕が試したのは、魔法訓練で学んだ複数の魔法の同時使用だ。

【ゲート】は一度繋げば後は維持するだけでいい。

どんどん【ショートスタン】を放つ。

「王国軍め……！　仕方ない。あれを使うぞ！」

そんな作業を続けていたら、闇ギルドの構成員らしき男が懐から魔導具を取り出した。

手にした魔導具がキラーンと光る。

「「キシャー！」」

すると、どこからともなく屋敷の庭にゴブリンが現れた。

よく見るとゴブリンキングまでいるぞ。

もしかしてヘンリー様の屋敷がゴブリンに襲われた時も、こうして魔物を召喚したの？

「魔物を呼び出す魔導具か……！　敷地の外に出たら、近隣の住人にまで被害が出るぞ！」

そう呟いたギース様が【ゲート】の向こうに駆けていった。すぐに応援部隊を連れて戻ってくる。

ゴブリンを倒すのに集中するため、僕はいったん【ゲート】を閉じた。

「ここからはゴブリンの討伐も行う！　用意はいいな！」

「「おお！」」

ギース様の号令で、早速兵が動き出した。

僕も、頑張ってゴブリンを退治しないと……と、その前に。

「グッ……し、痺れる……！」

ゴブリンを呼び出した人が逃げ出すとまずい。しっかりと【ショートスタン】で痺れさせて動きを止めておいた。

ギース様が指示し、ゴブリンたちを囲むように兵が陣形を取る。

「チッ、やはりゴブリンキングが厄介だな」

確かにギース様の言う通りだ。

ゴブリンキングがいるだけで、周囲のゴブリンも強くなってしまう。

ゴブリンの数自体は辺境伯領が襲われた時よりも全然少ないけど、早めにゴブリンキングをどうにかしないと。

ギース様も同じことを考えていたみたい。僕にある提案をしてきた。

「アレク君、君の魔法でゴブリンキングを倒せるか？　私たちで他のゴブリンは足止めしよう」

「【エアーカッター】で狙ってみます。ただ、魔力を溜めるのに一分はかかるかも……」

「そのくらいは大丈夫だ。みんな、聞こえたか？　一分間持ちこたえろ！」

「「「楽勝だ！」」」

以前はリズと一緒だったけど……僕だけでゴブリンキングを倒してみせる！

「魔法部隊、攻撃開始！」

ギース様の指揮で、ゴブリンキングを守るゴブリンに向けて魔法が降り注ぐ。

どんどんゴブリンが倒されていく。

魔法攻撃が止むと、剣を持った兵が駆け出した。

王国軍の部隊だけあって、連携してしっかりゴブリンを引き付けている。

味方を巻き込んでしまうため、ゴブリンキングも迂闊《うかつ》に命令を出せないみたいだ。

その間に僕は魔力を溜め終えた。

「ギース様、準備ができました！」

「よし。総員、引け！」

僕が伝えると、ギース様は素早く兵を下がらせた。

一気に魔力を解放して、【エアカッター】をゴブリンキングの首に向けて放つ。

「えーい！　いっけー！」

ズシャッ、ドーン！

僕の放った【エアカッター】は、正確にゴブリンキングの首を斬り裂《さ》いた。

首を落とされたゴブリンキングが、血を噴き出しながら地面に倒れる。

「おおっ、とんでもない威力だな！」

「凄い！　凄いわ……！」

戦っていた兵たちがどよめいた。

ゴブリンキングが倒れたので、ゴブリンたちが慌て出す。

そこを見逃すギース様ではない。

「一気にゴブリンを殲滅するぞ！」

「「「おおー！」」」

統率者を失ったゴブリンが、あっという間に倒されていく。

しばらくすると、バイザー伯爵家の中から兵が駆けてきた。

「ギース様、屋敷の制圧を完了しました」

「そうか、こちらも問題ない。アレク君、先に拘束した兵を王都に移送し、辺境伯領へ戻ろう」

かくして、バイザー伯爵の屋敷制圧作戦は終わった。

僕は再び王都に【ゲート】を繋ぎ、拘束した兵を送る。

それが終わると、ギース様と一緒に【ゲート】でヘンリー様のお屋敷の前へ転移した。

「着きました……って、あれは？」

「クソッ、まさか町中にゴブリンを呼び出す気か!?」

ヘンリー様のお家の庭に、見慣れない人が立っている。

よく見ると、バイザー伯爵の屋敷でゴブリンを召喚した男と同じ格好だ……もしかして、闇ギルド!?　案の定、その人物は魔導具を起動させ、ゴブリンキングが率いる大量のゴブリンを呼び出した。

僕たちは急いで屋敷に向かう。

「チッ！　迎撃するぞ！」

「「はっ！」」

ギース様の指示で兵が剣を抜き、僕も魔法を使おうと構えた時だった。

「てやーっ！」

ズドーン！

僕とギース様の頭上から、ゴブリンの群れに向かって巨大な光の矢が放たれた。

魔法が直撃したゴブリンキングが倒れる。

急な攻撃に、生き残ったゴブリンも混乱しているようだ。

かくいう僕とギース様、そして剣を構えた兵たちも、状況がよく分かっていない。

「あ、お兄ちゃんだ！」

聞き慣れた声がしたので屋敷のほうに向き直ると、二階のバルコニーからリズが大きく手を振っていた。

よく見ると、スラちゃんもリズの頭の上で揺れている。

「とーっ！」

「ちょっと、危ない！」

リズが二階のバルコニーから飛び下りたので、慌てて風魔法で受け止めた。

そのまま僕はリズのところへ向かう。

「えー、助けてあげたのにどうして怒るの？　エマお姉ちゃんたちとお喋りしていたら、嫌な感じがしたから駆けつけたのに……ちゃんとゴブリンだけ狙ったよ！」

頬を膨らませ、不満そうだ。

そう抗議したリズが、隣にいたギース様を見上げた。

「あっ！　前に治療した人だ！」

「リズちゃんだね。私はギースだ。この前はありがとう」

「治ってよかったね」

リズがニコニコと笑った。

ギース様がリズとスラちゃんの頭を撫でる。

「先ほどこちらから凄まじい音が……って、ゴブリン⁉」

どうもリズの放った魔法で、周囲を巡回をしていた騎士団が状況に気づいたみたい。

「慌てるな。ゴブリンキングはもういない。残りのゴブリンの討伐を頼む」

ギース様の指示で、騎士たちが駆け出していった。

すぐにゴブリンの討伐が始まった。

騎士団長のガンドフさんがこちらに寄ってくる。

「アレク、これは君がやったのか？」

「いいえ。僕じゃなくて、リズとスラちゃんです。僕は帰ってきたばかりで……」

「これほど高火力な魔法が使えるとは……末恐ろしいな。ギース様はいかがされましたか？」

「バイザー伯爵領を制圧したので、兄上とヘンリー様に報告をしたいんだ。ちなみにあちらでもゴブリンキングが出たが、アレク君があっという間に倒したよ。さすがだ」

兵のみんなが足止めしてくれたおかげだよ……と思っていると、ゴブリンを討伐していた騎士が戻ってきた。

「騎士団長、ゴブリンの討伐が完了しました。また、怪しい人物も捕縛しました。どうやらリズちゃんの魔法の余波で、気絶していたようです」

ガンドフさんが報告を聞き、冷静に指示を出す。

「アレク、すぐに召喚者を王都に送ってくれ。リズはスラちゃんにゴブリンの死骸を処理するよう頼んでくれないか？　迎賓館にいるゲインたちにこの騒ぎがバレるとまずい」

「分かりました」

「スラちゃん、頑張ってね」

僕も【ゲート】でお手伝いをする。

スラちゃんは嬉々としてゴブリンの耳を切り落とすと、ゴブリンを吸収し始めた。

「あっ。スラちゃん、後でゲインのお屋敷で倒したゴブリンも頼める？」

スラちゃんが「任せろ」と触手を振る。

ギース様が言う。

「ここは騎士団長に任せて、我々は行こう。これだけのことをしたやつらに、引導を渡さないと」

僕とギース様、そしてリズはゲインたちのいる迎賓館に向かった。


「おお、二人とも無事だったか」

「こちらは計画通りにバイザー伯爵を客室に隔離しているぞ。夫人も一緒だ」

迎賓館に着くと、変装を解いたヘンリー様とブレア様が待っていた。

どうやら予定通りに進んでいるようだ。

「ハハッ。執事に扮した騎士の後ろにずっといたのだが、まったくこちらに気がつかなかったぞ」

ヘンリー様が思い出し笑いをしている。

僕には確認しないといけないことがあった。

「ヘンリー様、ノラは赤ちゃんを抱いていましたか？」

そう、かつてノラとゲインが見せびらかしに来た赤ちゃんのことだ。

あちらの屋敷にはおらず、どうしているのか心配だった。

「確かに赤ん坊はいたぞ。ただし、抱いていたのは使用人だ。どうも夫人は子どもが嫌いなようでな……赤ん坊が泣くたびに嫌な顔をしていたぞ」

「可哀想だね、お兄ちゃん。あの子もリズたちと同じで大切にしてもらえなかったんだ」

バイザー伯爵家にいた頃を思い出して悲しくなった僕たちを、ヘンリー様がポンポンと撫でる。

「大丈夫だ。赤ん坊に罪はない。対応は協議するが、しばらくは我が家で保護するさ」

「よかった！」

リズがほっと胸を撫で下ろした。

僕だって、赤ちゃんまで罪に問われるなら絶対抗議するつもりだったから助かった。

ヘンリー様とブレア様が、怪しげにフフフッと笑う。

「それでは、いよいよ向かうか」

「これ以上罪を重ねる前に捕まえてやろう」

ブレア様を先頭に進み、いよいよご対面だ。

「いやぁ、王都に呼ばれるとはな！　あの手紙を読んだか？　我々の企みにまったく気づいていないとは……これならば国王を蹴散《けち》らし、バイザー王国を建てる日も遠くはないぞ！」

「バイザー伯爵家の威光《いこう》を思い知らせる時が来たのです……フフフッ、夢のような生活が待っていますわ」

客室の扉を開けようとしたら、中からゲインとノラの声が聞こえてきた。

話の内容にみんなが唖然《あぜん》とする。

「最初は部屋の中の様子は分からなかったのですが、警戒心が緩《ゆる》んだのか、次第にこのような企みが聞こえてくるようになりまして……」

応接室のそばで控えていた執事――見張りの騎士が、うんざりした顔で教えてくれた。

こんなアホらしい話を延々と聞かされたら、精神的にかなり疲れるだろうな。

敵地で計画を話すほど間抜けなのか、絶対にバレないと高《たか》を括《くく》っているのか……困った人たちだ。

「お兄ちゃん、聖魔法でお馬鹿さんに付ける薬を作ってあげられるかな？」

「ブフッ」」

リズの言葉に、ヘンリー様とブレア様が噴き出しそうになった。

「いや、無理だよ。【合体魔法】でも、絶対にできない」

「だよね……」

ギース様と見張りの騎士も、肩を震わせて笑いを堪《こら》えている。

ヘンリー様とブレア様が言う。

「こちらが笑い死にしないうちに、突入しよう」

「ああ、これは堪《たま》らんな」

ドンッと音を立てて、客室のドアを開ける。

「な、なんだね君たちは？」

「ここを誰の客室だと思っているの!?」

突然現れた僕たちに向かって、ゲインとノラが叫んだ。

久々に会った二人は……

あれ？　あの二人で合っているよね？

最後に会ってからまだ数か月と経っていないのに、ブクブクと肥《こ》えている。

「ゴブリンキングみたい……」

ポツリと漏らしたリズの一言に、僕もまったく同感だ。

ギース様が眉を寄せる。

「ホーエンハイム辺境伯と軍務卿だぞ。顔を忘れたとは言うまいな」

「へ？」

ゲインは何が起こっているのか分かっていないみたい。

「バイザー伯爵、並びに伯爵夫人、君たちの企みは明らかだ。大人しく投降しろ」

ブレア様の命令を聞いて、ゲインのそばで油断なく構えていた護衛は状況を理解したようだ。

剣を抜いて僕たちに斬りかかってきた。

ここは、僕の【ショートスタン】の出番だ。

「グッ、体が……！」

「ひぃっ！」

護衛が床に崩れ落ちると、ノラが小さく悲鳴を漏らした。

その様子に、ゲインもようやく自分たちが嵌《は》められたことに気づいたらしい。

「ち、畜生《ちくしょう》！　儂はこの国の王になるんだ。こんなところで捕まってたまるか！」

ゲインは豪華な装飾が施された剣を抜き、こちらに斬りかかってくる。

でも、僕がバッチリ【魔法障壁】を展開済だ。

ガキンッ！

「なっ、ミスリル鋼《こう》の剣が弾かれただと！」

ミスリル鋼？

初めて聞く単語だ。

僕は剣を【鑑定】してみる。

【鑑定】によればミスリル鋼はとても貴重な素材で、かなり値が張るらしい。

その時、魔法袋からファルシオンを出したリズが、ゲインに向かって走り出してしまった。

「ちょっと、リズ！　行っちゃ駄目！」

キラリーン！

リズのファルシオンが聖属性の魔力でコーティングされ、眩く輝く。

離れていてもわかるほど、凄まじい魔力だ。

……もしかして、リズじゃなくて自分たちの心配をしたほうがいい？

僕は急いで【魔法障壁】の強度を最大にする。

「えーい！」

バキン！

「な、な、なんだと!?　儂の剣が折れるなど、ありえん！」

自らに【身体強化】をかけたリズが斬りかかると、ゲインの剣が折れ、切っ先が宙を舞った。

【魔法障壁】が切っ先を弾いたので、怪我した人はいない。

ただ……

「ギャアーッ！」

折れた剣先がすぐそばの床に刺さって、ノラは悲鳴を上げて気絶した。

「あー！　ファルシオンが曲がっちゃった……！」

いやいや……とんでもなく高品質なミスリル鋼の剣を、ギルドで売っていた安いファルシオンで叩き折るのは凄いことだよ。

しかもファルシオンは曲がっただけで、折れていないし。

「ゲイン・バイザー、闇ギルドと関わった罪、および国家反逆罪で逮捕する」

「儂の剣が……」とブツブツ言っているゲインを、ギース様が捕縛する。

もうこのくらいでいいだろう。僕はすぐに王城に【ゲート】を繋ぐ。

「ほー、こりゃえらく肥えておるのう。すぐに牢屋に連れていけ」

「「はっ」」

向こうではニース宰相と数人の騎士がスタンバイしていて、僕が引き渡したゲインとノラを連れていってくれた。

「ニース宰相、赤ちゃんは連れていかなくてもいいですよね？」

「赤ん坊に罪を問うてはいかんじゃろう。辺境伯、すまぬがしばし世話を頼めんか？」

「承りました」

ニース宰相の指示で、赤ちゃんの対応があっさり決まった。

「それでは、引き続きそちらは任せたぞ。儂は、こいつをこってり絞り上げないとならぬ」

そう言うと、ニース宰相は調査官を二人寄越して去っていった。

僕は【ゲート】を閉じる。

するとリズが話しかけてきた。

「……あの二人、お兄ちゃんとリズのこと、何も言わなかったね」

「そうだね。忘れてたんだろうね」

なんだか複雑な気持ちになる。

僕たちはあの屋敷であれだけの大変な思いをしたのに、ゲインとノラにとってはどうでもよかったんだ。

そんな僕とリズの頭を、ブレア様がポンポンと撫でる。

「もうあんなやつらに縛《しば》られることはないぞ。自分の意志で好きに生きていいんだ」

すぐそばにいたヘンリー様が頷いた。

「そうだな……後始末は大人に任せなさい」

後はヘンリー様たちにお願いしよう。


迎賓館にいたバイザー伯爵家の関係者たちが、次々と捕まっていく。

ゲインとノラがいた客室には、あの小さな赤ちゃんと数人の侍女が取り残されている。

「うわあ、ちっちゃいね！」

「この子の名前はなあに？」

「ミカエルでございます」

お世話係らしいお姉さんが答えると、リズは笑みを浮かべた。

「そうなんだ、ミカちゃんだね！」

リズがミカエルに自分の指を握らせて一緒に遊んでいる。

当たり前だけど、この子からは僕たちに対する敵意はちっとも感じられない。

「この子の世話は、お姉さんがしていたんですか？」

「はい、私たちが交代で。奥様と旦那様は、あまり興味がないようでして……」

お姉さんの答えに、そばにいた侍女たちも首を縦に振った。

そっか……やっぱり、ミカエルも僕たちと同じ扱いを受けていたんだね。

ミカエルのことを可哀想に思っていると、どこか見覚えのある使用人が、騎士に連行されてやってきた。

そして僕とリズに向かって、深々と腰を折る。

「アレクサンダー様、エリザベス様。私はお二人のことも、そのご両親のことも存じておりました。今までバイザー伯爵夫妻の悪事を見逃し、あなたたちにつらい思いをさせてしまい、申し訳ございません」

「大丈夫です。事情があったんですよね？」

この使用人は、まだ赤ちゃんだった僕がノラに突き飛ばされた時、真っ先に彼女を止めてくれた人だ。

おそらく、この人にもいろいろなことがあったんだろうな。

ゲインたちは証拠隠滅《しょうこいんめつ》のために関係者を殺害したそうだから、自分の身を守るために下手に関われなかったのかもしれない。

情状酌量《じょうじょうしゃくりょう》があるといいんだけど……

「これからはリズたちがミカエルの面倒を見るよ！」

「ありがとうございます。アレクサンダー様、エリザベス様」

頭を上げた使用人が、騎士に連れられて去っていく。

しばらくすると、ギース様と、スラちゃんを腕に抱いたヘンリー様が話しかけてきた。

「アレク君、いとこと戯《たわむ》れているところすまないが、私と調査官をバイザー伯爵領に連れていってくれないか？」

「ちょうどスラちゃんもこちらに来たから……君が倒した分のゴブリンの耳を取ってきてもらうといい」

「分かりました。すぐに【ゲート】を繋ぎます」

「お兄ちゃん、スラちゃん、頑張って！」

リズの声援を受けながら【ゲート】を開く。

バイザー伯爵家に向かおうとしたところ、ミカエルを抱いていたお姉さんから声がかかった。

「申し訳ありませんが、ミカエル様のお荷物を持ってきていただけませんか？　それと、新たにお世話をする使用人を何人か派遣していただけませんでしょうか。私たちも、罪を償《つぐな》わなければなりません」

「……いいだろう。二人についていきたまえ。アレク君、すまないが荷物についていては頼む。世話係は私が手配しよう」

「はい、ヘンリー様。任せてください」

そのくらいはまったく面倒ではないし、小さないとこのためにもここは頑張らないと。

【ゲート】をくぐると、ギース様が心配そうな顔をした。

「アレク君、魔力切れは大丈夫か？　かなり無理をさせてしまっているが……」

「【ゲート】を使うくらいなら平気です」

なんだったらさっき使った【魔法障壁】のほうが、魔力を消費してしまった。慌てていたからなぁ……

カミラさんたちとの魔法訓練がなければ、とっくに魔力は尽きてしまっていただろうな。

スラちゃんは早速ゴブリンキングの血抜きをし、他のゴブリンを吸収し始めた。

リズの倒したゴブリンキングは丸焦《まるこ》げだったけど……このゴブリンキングは綺麗に首を落とせたから、素材としても十分に使えそうだ。

そう思っていると、一緒に来たお世話係のお姉さんがお世話セットを持って戻ってきた。

「お待たせいたしました。こちらの準備は整いました」

たくさんの荷物があったので、すべて僕の魔法袋にしまう。

追加で必要なものがあれば、また後日取りに行けばいいかな。

「ギース様はこの後どうするんですか？」

「まだ調査があるから……領主を失ったバイザー伯爵領の治安のためにも、しばらく駐留《ちゅうりゅう》するかな。この屋敷を拠点にして、調査官と共にこちらに残るよ」

「この場所をよろしくお願いします」

「ああ、任せてくれ」

ギース様が僕の頭をポンポンと撫でた。

スラちゃんがゴブリンの処理を終えてこちらにやってきた。

「ゴブリンの討伐証は、私がこの町の冒険者ギルドに届けておこう。もちろん、アレク君の名前でね」

「ありがとうございます」

ペコリとお辞儀をして、ギース様にお礼を言う。

「僕は辺境伯領に戻ります」

「今日はゆっくり休むんだぞ。何かあったら、ヘンリー様に連絡するよ」

ギース様に見送られて、僕はお世話係のお姉さんと共に迎賓館へ戻った。ミカエルがいる部屋に向かう。

そこには、難しい顔のリズが待っていた。

「お兄ちゃん。ミカちゃん、具合が悪そうなの……」

「えっ？」

ミカエルの呼吸は苦しげで、泣き声には元気がない。

【鑑定】してみると、何やらお腹の病気みたいだ。

「実は、最近ミルクをあまり飲まず、困っておりました。奥様に伝えても、私たちでどうにかしろとのことで……回復魔法では治らなかったのです」

ミカエルを抱いている侍女は不安な表情だ。

お世話係の人たちは、ミカエルが心配でこの場を離れられないのだろう。

僕の魔力はもう残り少ない。でも、いとこのためなら……

「ヘンリー様、【合体魔法】で治療してもいいですか？」

「もちろんだ……アレク君、本当に大丈夫か？」

僕は頷いた。

心配そうなヘンリー様のそばで、リズとスラちゃんと共に魔力を溜めていく。

「お兄ちゃん、平気？」

「この一回なら大丈夫だよ」

「うん……無理はしないでね」

うっ、リズに釘を刺されてしまった。

それでも目の前の小さな赤ちゃんを助けるために、僕は全力の回復魔法を放つ。

ミカエルの体が光に包まれ、荒々しい呼吸が落ち着いたものに変わっていく。

安心したら、なんだか力が抜けてきた。

「あれ……？」

「お兄ちゃん！」

リズの声がなんだか遠い。僕は床に崩れ落ちる。

「アレク君！　……魔力切れか。リズちゃん、アレク君とこの赤ちゃんと一緒に、私の屋敷へ戻ろう。彼を休ませてあげないと」

「もう、無理しちゃ駄目って言ったのに！」

薄れていく意識の中で、頬を膨らませながらかんかんに怒ったリズが見えた。


「うーん、ここは……ヘンリー様のお屋敷？」

夕日が差し込む部屋で、僕は目を覚ました。

「あっ！　お兄ちゃん、やっと起きた！」

「うふふ、夕食の前に起きてくれてよかったわ」

ベッドのそばには呆れ顔のリズと笑顔のイザベラ様がいた。

やっぱり、僕は魔力切れで気絶してしまったみたいだ。

二人が看病してくれていたらしい。

「あの、ミカエルは？」

「こんな時でも、他人のことが気になるのね。ミカエル君は顔色もよくて、ミルクをたくさん飲んだわ。もう大丈夫よ」

ミカエルの体調がよさそうなので、ホッとする。

なんだか、あの子は見捨てられないんだよね。

「さて、大丈夫そうなら食事にしましょう」

「そうだよ。お腹空いたの」

「わわっ！　リズ、あまり引っ張らないで」

僕のお願いを無視するリズに、手を引っ張られて食堂に向かう。

後ろからはイザベラ様が続いた。

「おや。起きたんだね、アレク君」

「体調は大丈夫？　私もオリビアも心配していたんだよ！」

「だいぶ魔力も回復しました。心配させてごめんなさい」

食堂に着くとヘンリー様とエマさん、オリビアさんがすでに座っていた。僕の顔を見てホッとしている。

「まずは食事にしよう。お腹が空いているだろうしな」

ぐー。

「あ、お兄ちゃんのお腹の虫が鳴いている！」

リズの言葉に、エマさんとオリビアさんが微笑んだ。

「本当だ！　待ち切れないんだね」

「早く食べましょう」

うう、お腹がペコペコだから……

照れ臭くなりながらも、席に着いた。

僕が疲れていることを気遣ってか、今日は消化にいいメニューばかりだ。

お腹が空いていたからさらにおいしくて、すぐに全部食べてしまった。

デザートに出された甘い果物が、疲れた体に染み渡るよ。

「こんなに夢中で食べるアレク君は珍しいね」

「それだけお腹が空いていたんですね」

エマさんとオリビアさんに気遣われたけど、今日は本当に疲れたなあ。

ちょっと一息ついたところで、ヘンリー様が僕とリズに話しかけてきた。

「今日は二人に本当に助けられた。特にアレク君、改めて礼を言おう」

「そうね。この町をまた救ってもくれたし、感謝しているわ」

「「アレク君、リズちゃん。ありがとう！」」

ホーエンハイム家の皆さんから感謝されてしまった。

僕が戸惑っていると、ヘンリー様が続けて話す。

「とはいえ、少し頑張りすぎたね。明日はゆっくり過ごすといい、なぁ、イザベラ？」

「そうね、あなた。さっきティナ様から言伝があったの。『よかったらまた今度お茶会に来てね』ですって。気絶したと聞いて心配していらしたわ。アレク君に気を遣わせないようにと、顔を見に行きたいのを我慢していらっしゃるみたいで……体調がよくなったら招待を受けるといいわ」

「本当だよ。おばあちゃん、心配していたんだよ」

「それは……ごめんなさい。ティナおばあ様への報告も兼ねて、今度行ってきます」

リズにまで言われてしまったので、しばらくまったり過ごそう。

ティナおばあ様にも、心配かけたことを謝らないとな。

疲れていたのもあってか今日はリズが眠るまで起きていられず、ベッドに入るとあっという間に寝てしまった。

僕が一人ですぐに寝てしまって、リズはたいそう不満だったそうだ。

◆　◇　◆

ゲインたちを捕まえてから、数日が経った。

すっかり体調がよくなったので、今日はティナおばあ様のお茶会に参加する予定だ。

朝早く起きた僕は、まだ眠そうなリズと共にミカエルがいる部屋に向かった。

「あうー」

僕たちを見て、ミカエルが手を伸ばした。

「だいぶ元気になったんだね」

僕が言うと、ヘンリー様が新たに手配したお世話係が頷いた。

「ええ。これもアレク様とリズ様の魔法のおかげでしょうね」

「ミカエルは僕のいとこです。リズと同じ存在ですから、助けるのは当然です」

抱っこさせてもらったけど、本当にまだ小さいな。

ミカエルは僕と違って青髪だ。目の色も濃い青色みたい。

「すみません、ミカエルをよろしくお願いします」

「はい、お任せください」

「ミカちゃん、また来るね！」

「あー」

僕とリズは、ミカエルと別れた。

朝食はあちらで食べることになっている。ヘンリー様に挨拶だけして、僕は【ゲート】を繋いだ。


到着すると、ティナおばあ様がすぐに駆け寄ってきた。

「アレク君、魔法の使いすぎで倒れたそうだけど大丈夫なの？」

「ゆっくりしたからもう平気です。心配させてごめんなさい」

「本当よ、もう……！　いくら幼いいとこを助けるためとはいえ、少し無理をしすぎね」

ティナおばあ様は僕を見て安心したようで、そこまで強く怒られなかった。

でも心配させたことに変わりはない。さすがに反省しないと。

「さあ、朝食にしましょう。今日はパンケーキよ」

「わーい！」

ティナおばあ様から朝食のメニューを告げられて、リズが元気よく両手を上げた。

リズの頭に乗っているスラちゃんも、真似をして触手を上げている。

しばらくすると朝食が運ばれてきた。

「甘くてとーってもおいしい！」

「そう、よかったわ。たくさんお食べなさい」

リズは口の周りをベチャベチャにしながらパンケーキを食べているので、僕が拭いてあげた。

スラちゃんも触手を使って器用にフォークとナイフを操り、おいしそうに食べている。

朝食を終えて少しゆっくりしていると、エレノアが訪ねてきた。

「アレクお兄ちゃん、体は大丈夫？」

エレノアも僕が気絶したのを知っているのか。

心配そうな表情をするので、僕は頭を撫でてあげる。

「もう大丈夫だよ。心配かけてごめんね、エレノア」

「エレノアを心配させないでほしいの」

エレノアが、ぷうっとほっぺを膨らませた。

ギュッとハグしたら、ようやく笑顔になる。

「今日はみんなでお茶会だから、エレノアも一緒にいらっしゃい。先方には伝えてあるから」

「はい、おばあ様」

そうだった。今日はお茶会って聞いてきたけど、一体誰が参加するんだろう？

「ティナおばあ様、お茶会ってどなたがいらっしゃるんですか？」

「うふふ、それは秘密よ。でも、アレク君とリズちゃんにとっては、とても大切な人よ」

うーん、誰のことだろう？


そんなやり取りをしてから二時間。

リズとエレノアと一緒にティナおばあ様に手を引かれながら、王城の客室にやってきた。

どうやら今日はここでお茶会をするらしい。部屋に入ると年配の夫婦が二組待っていた。

「アレク君とリズちゃんに紹介するわ。こちらはブリックス子爵《ししゃく》夫妻よ。ブリックス子爵家はバイザー伯爵家先々代当主の妻……アレク君とリズちゃんの、もう一人のおばあちゃんの生家なの」

「ということは……僕とリズの血の繋がった親戚《しんせき》なんですね」

「こんにちは、おじちゃんとおばちゃん！」

白髪をきちっと整えた優しそうな夫妻で、僕たちのことを温かく見つめている。

一方、もう一組の夫妻は赤っぽい金髪をしていてちょっとふくよかな男女だ。なぜかすでに号泣しているけど……

「こちらが王家の傍流である、グロスター侯爵夫妻よ。アレク君のお母さんのご両親ね」

僕のおじいさまとおばあ様なんだ！

「こんなに小さいのに、今までよく頑張ったなぁ……」

「ああ、なんて可哀想に……」

グロスター侯爵家の二人が、僕のことを抱きしめた。

横を見るとリズのことをブリックス子爵家の夫妻が同じようにハグしていた。

しばらくの間、すすり泣く声が部屋に響く。

「ティナおばあ様。僕たちをお茶会に誘ったのは、おじいさまやおばあ様に会わせるためだったんですね」

「まだアレク君とリズちゃんのことは世間には秘密にしているけど、数少ない血縁者には知らせておかないとね」

「そうですか……でも僕、堂々とおじいさまと呼びたいです」

「うぅ、アレク君はなんていい子なんだ」

おじいさまが、僕の言葉に感極まってさらに泣いている。

僕とリズの手を、エレノアがニコッと笑いながら握ってきた。

「アレクお兄ちゃんもリズも、親戚に会えてよかったね」

「うん。ティナおばあ様、ありがとうございました」

「おばあちゃん、ありがとー！」

「いいのよ。このくらいなんてことないわ」

ティナおばあ様の言葉に、僕とリズはペコリとお辞儀をした。

「アレク君は、本当に賢いのよ」

「ルーカスお兄様と、一緒にお勉強しているんだよ」

「なんと、それほどとは……これは将来が楽しみですな」

ティナおばあ様とエレノアの話を聞いて、ブリックス子爵家のおじさんが褒めてくれたけど、なんだかこそばゆいな。

「将来のことはまだよく分からないんです。これから、いろいろ勉強します」

「リズも頑張るよ！」

「エレノアだって負けないの」

「アレク君とリズちゃんが来てから、みんな今まで以上によく勉強するのよ。とてもいい効果が出ているわ」

ティナおばあ様は誇らしそうだ。

「まだ当分はホーエンハイム辺境伯のところに滞在するでしょうけど、こちらに来た時はみんなにも会ってあげてね」

「はい、必ず！」

「リズもとっても楽しみ！」

その後は、二組の夫妻に僕たちの生い立ちやこれまで経験してきたことを少しずつ話した。

小さい頃の話や森に置き去りにされた件を話すと、大人たちが涙をこぼす。

ゴブリン討伐に話が移ると、リズとスラちゃんが熱心に活躍を語るので、微笑ましそうに笑みを浮かべていた。

「今月のエレノアの誕生日パーティーは大規模にやると思うけど、リズちゃんのパーティーは関係者だけでアットホームにやりましょう」

「あーあ……パーティーは疲れるから大変なの」

ティナおばあ様の話を聞いて、エレノアが膨れっ面をした。

「エレノア、これは王族としての義務ですよ」

リズのことはまだ公にできないし、妥当《だとう》な判断だ。

しかしわずか三歳でパーティーが嫌だとは……エレノアもなかなか言うなあ。

「さて、そろそろ時間かしら。いろいろと決着がついたら、ゆっくり話をしたいわね」

これでお茶会は終了みたいだ。

近いうちにまた集まろうということでお開きに……なりそうなところで使用人が声をかけてきた。

「アレク様。陛下と宰相閣下より、『昼食を共にしたい』とのご伝言です。何かお話があるそうで……」

「アレク君、こちらは気にしないでね」

「分かりました」

ティナおばあ様の言葉に甘えて、僕は頷いた。

「お兄ちゃん、頑張って」

「お話が終わったら戻ってきてほしいの」

つまらなさそうだと察知したのか、リズとエレノアが逃げ出す。

まあ、ここは僕が対応しないといけないし仕方ないか。


みんなと別れて、食堂に向かう。

「失礼します」

「おお、来たか。座るがよい」

部屋の中には、陛下とニース宰相の他にブレア様もいた。

僕が席に座るとそっと使用人が部屋から出ていった。

おそらく機密が含まれる話をするんだろう。

「さて、話をしてしまおう。闇ギルドの幹部であるゲインだが……どうやら、形だけの幹部だったようでな。伯爵になって以降は贅沢《ぜいたく》な暮らしに溺《おぼ》れ、国の覇権を握ればもっと豊かな暮らしができると唆《そそのか》されて、今回の事件を企図《きと》したそうだ。そんなこと不可能に決まっているのに、馬鹿なやつらだ」

陛下の話が本当だとすると……

「バイザー伯爵夫妻は利用されていたってことですか？」

「ああ。バイザー伯爵家は家臣の多くが闇ギルドの構成員であった。ミカエルの世話をしていた侍女たちが数少ない例外だな」

「なっ！」

陛下の言葉に、驚きを隠せない。

僕にニヤリと笑いかけ、陛下が話を続ける。

「実際にはバイザー夫妻のそばにいた護衛がさまざまな計画を練り、実行に移していたのだ。やはり王国を混乱させ、闇ギルドの勢力を拡大させたかったようだな」

「そんなことのために……」

そのくだらない目的にいろいろな人が巻き込まれたのかと思うと、腹が立ってしょうがない。

「ゲインを問い詰めたらいろいろ吐いたぞ。まず、アレクたちを生かしておったのは、二人を闇ギルドの手駒《てごま》にするためだった。しかしかなり長期的な計画だったため、次第に関心をなくしたようだ。そしてついには森に捨てようという判断になったらしい。どこまでも愚かな者たちだ……」

続いてブレア様が口を開く。

「バイザー伯爵家は、ホーエンハイム辺境伯家と共に国にとって南の領土の要だ。だが、権力を求める貴族の中には、これをよく思わない勢力もあってな。今回の一件で、また何か企まなければいいのだが……闇ギルドに加えて、こういうやつらもいるのだから頭が痛い……こうした連中はプライドが高いくせに能力はなく、口だけなんだ。アレク君も、今後関わることがあれば、誰のことか分かるだろう」

「あまり分かりたくないです……」

僕が顔をしかめると、ニース宰相が苦笑いした。

「君やリズちゃんの存在については、近いうちに貴族へ向けた説明の場を設けるつもりじゃ。面倒をかけるが、もう少しだけ秘密にしていておくれ」

「バイザー伯爵領はどうなるんですか？」

「そちらは、当分は国とホーエンハイム辺境伯領の役人で代理統治する予定じゃ。ミカエル君はお咎めなしじゃよ」

ニース宰相によれば、バイザー伯爵家はひとまず領地没収のうえ爵位返上となるそうだ。ただこの家には、僕という巻き込まれただけの正当な後継者がいる。

今後は僕が大人になるのを待って、領地を返したり爵位を戻したりするか決めていくらしい。

この決定には、制圧作戦で僕が活躍したことも大きいみたい。実家の悪事をその身内が止めたとして、評価されたのだ。

問題はミカエルだ。

子どもとはいえ、国家反逆罪を犯した罪人の息子……これからいろいろな困難が待っていることは想像に難くない。

僕としても、精いっぱい支えないと。

「ミカエルの処遇が気になっていたんです。あの子は僕のいとこなので、一生懸命面倒を見ます」

「アレク君が世話をするとなると、リズちゃんのような秀才になりそうじゃのう。こりゃ楽しみじゃ」

ホッホッホッとニース宰相が笑った。

ゲインとノラの処分についてはスルーされたけど……おそらく厳罰に処されるだろう。

ミカエルにはこれから頑張ってもらわないといけなくなっちゃうな……

「さて、話はこのくらいにしよう。せっかくの食事が冷めてしまう」

「そうですな、陛下。アレク君を労《ねぎら》うための食事会じゃ」

「ニースの言う通りだ。アレクは遠慮なく食べよ」

部屋の外に待機していた使用人も戻ってきた。

大きなハンバーグが運ばれてきて、昼食が始まる。

食べながら、ヘンリー様が僕に声をかけてくる。

「そうだ、もう一つ話があった。これはすでに確定事項だが……辺境伯邸の隣に使われていない邸宅があるんだ。そこをアレク君とリズちゃんの住まいにする。ミカエル君も一緒だな」

「え、いいんですか？」

「辺境伯邸で保護する者が増えたので、いっそのこと別の家を用意しようというわけだ。金銭面での補助は行うが……正直な話、ゴブリンキングを討伐した報奨金があれば、君たちが成人するまでは全使用人への給与は賄《まかな》えるはずだ」

「確かにそうですね……？」

「アレク君なら無駄遣いはしないだろうな。屋敷の管理は将来に向けての勉強だと思ってくれ」

ヘンリー様のところにずっといるのは迷惑かなって思っていたところだ。

だから、この話は僕としてもありがたい。

決してヘンリー様のお家にいるのが嫌だとか、そういうことはないけどね。


今後の方針を確認し合った昼食が終わり、僕は食堂を出た。

ティナおばあ様の部屋のドアをノックすると、おばあ様が出迎えてくれる。

「あら、おかえり。どうだった？」

「いろいろなことを教えてもらいました。お屋敷のことも……」

「その話も聞いたのね。リズちゃんには私から話しておいたわ」

部屋にはエレノアのお母さんであるアリア様もいた。

リズとエレノアはもうお昼寝タイムみたいで、二人で手を繋いでスヤスヤと眠っている。

そんな中、アリア様が僕に向き直った。

「アレク君、バイザー伯爵の子には恨みはない？」

「まったく。あの子だってつらい思いをしたんです」

「そう……ならいいの。やっぱりアレク君はとても大人びていて、優しい考え方ができる子ね……」

バイザー伯爵も酷いことをするわ」

僕とミカエルはいとこだけど親の仇《かたき》同士という複雑な関係だから、アリア様は気になったみたい。

もしミカエルが尊大な態度を取るような相手だったら、僕だって嫌な気持ちになったかも。

「ふわぁ……」

いろいろ話したからか、なんだか眠くなってきた。

思わずあくびをこぼす。

「頭を使いすぎたのね。少しお昼寝しなさいな」

「はい。そうします、ティナおばあ様」

リズとエレノアが寝ているベッドにもぞもぞと入ると、すぐに瞼《まぶた》を閉じる。

いろいろなことが解決して、本当によかったな。

僕もリズもミカエルも、これからのことはまだ分からないけど……力を合わせて頑張ろう。

月が導く異世界道中
Tsukiga Michibiku Isekai Dochu
あずみ圭
Azumi Kei
1～18
8.5
シリーズ累計290万部突破の超人気作!(電子含
TVアニメ第2期
制作決定!!
月が導く異世界道中
あずみ圭
薄幸系男子の成り上がりファンタジー、開幕!
なんでだろう親の都合で異世界へ
読者賞受賞作!
待望の書籍化!
●各定価：1320円(10%税込)
●illustration：マツモトミツアキ
1～18巻好評発売中!!
異世界へと召喚された平凡な高校生、深澄真。彼は女神に「顔が不細工」と罵られ、問答無用で最果ての荒野に飛ばされてしまう。人の温もりを求めて彷徨う真だが、仲間になった美女達は、元竜と元蜘蛛!? とことん不運、されどチートな真の異世界珍道中が始まった!
2期までに
原作シリーズもチェック!
月が導く異世界道
あずみ圭
木野コトラ
とことん不運、されどチート
薄幸系主人公の異世界放浪記、コミカライズ第1巻!!
漫画：木野コトラ
●各定価：748円(10%税込) ●B
コミックス1～10巻好評発売

最強付与術師の成長革命

追放元パーティから魔力を回収して自由に暮らします。

え、勇者降ろされた？知らんがな

Tsukino mint
月ノみんと

僕を追い出した勇者パーティが王様から大目玉!?

知らんがな。

自己強化&永続付与で超成長した僕は一人で自由に冒険しますね？

成長が遅いせいでパーティを追放された付与術師のアレン。しかし彼は、世界で唯一の“永久持続付与”の使い手だった。自分の付与術により、ステータスを自由自在に強化&維持できることに気づいたアレンは、それを応用して無尽蔵の魔力を手に入れる。そして、ソロ冒険者として活動を始め、その名を轟かせていった。一方、アレンを追放した勇者ナメップのパーティは急激に弱体化し、国王の前で大恥をかいてしまい……

◉定価：1320円（10%税込）　◉ISBN 978-4-434-31921-1　◉illustration：しの

辺境伯家次男は
転生チートライフを楽しみたい
辺境伯家次男のやりすぎ異世界ファンタジー——!
著 ベルピー
【創生神の加護】でもりもり成長して、
のびのび異世界暮らし!
友達はもふもふ
家族から溺愛
ひょんなことから異世界に転生した光也。辺境伯家の次男、クリフ・ボールドとして生を受けると、あこがれの異世界生活を思いっきり楽しむため、神様にもらったチートスキルを駆使してテンプレ的展開を喜々としてこなしていく。ついに「神童」と呼ばれるほどのステータスを手に入れ、規格外の成績で入学を果たした高校では、個性豊かなクラスメイトと学校生活満喫の予感……!?　はたしてクリフは、理想の異世界生活を手に入れられるのか——!?
●定価:1320円(10%税込)　●ISBN 978-4-434-32482-6　●illustration:Akaike

この作品に対する皆様のご意見・ご感想をお待ちしております。
おハガキ・お手紙は以下の宛先にお送りください。

【宛先】
〒150-6008 東京都渋谷区恵比寿 4-20-3 恵比寿ｶﾞｰﾃﾞﾝﾌﾟﾚｲｽﾀﾜｰ 8F
（株）アルファポリス　書籍感想係

メールフォームでのご意見・ご感想は右のＱＲコードから、
あるいは以下のワードで検索をかけてください。

アルファポリス　書籍の感想　検索

ご感想はこちらから

本書はWebサイト「アルファポリス」（https://www.alphapolis.co.jp/）に投稿されたものを、改稿・加筆のうえ、書籍化したものです。

転生《てんせい》しても実家《じっか》を追《お》い出《だ》されたので、今度《こんど》は自分《じぶん》の意志《いし》で生《い》きていきます

藤 なごみ（ふじ なごみ）

2023年 9月30日初版発行

編集ー勝又琴音・今井太一・宮田可南子
編集長ー太田鉄平
発行者ー梶本雄介
発行所ー株式会社アルファポリス
〒150-6008 東京都渋谷区恵比寿4-20-3 恵比寿ｶﾞｰﾃﾞﾝﾌﾟﾚｲｽﾀﾜｰ8F
TEL 03-6277-1601（営業）　03-6277-1602（編集）
URL https://www.alphapolis.co.jp/
発売元ー株式会社星雲社（共同出版社・流通責任出版社）
〒112-0005 東京都文京区水道1-3-30
TEL 03-3868-3275
装丁・本文イラストー呱々唄七つ
装丁デザインーAFTERGLOW
印刷ー図書印刷株式会社

価格はカバーに表示されてあります。
落丁乱丁の場合はアルファポリスまでご連絡ください。
送料は小社負担でお取り替えします。

ISBN978-4-434-32650-9　C0093